A METADE IDEAL

Crônicas sobre os altos e baixos do amor

JUDITH BRITO

A METADE IDEAL

Crônicas sobre os altos e baixos do amor

Sá editora

Capa
Tatiana Busto Garcia
(sobre ilustração da revista *Tillie the Toiler*)

Preparação de texto
Margô Negro

Revisão
Milfolhas Produção Editorial Ltda.

Projeto Gráfico (miolo)
Eveline Albuquerque

Impressão
Bartira Gráfica e Editora S/A

Dados Internacionais de Catalogação na Publicação (CIP)

B862m Brito, Judith
A metade ideal: crônicas sobre os altos e baixos do amor / Judith Brito. – São Paulo : Sá Editora, 2012.
192 p. ; 21 cm.

ISBN 978-85-88193-91-8

1. Literatura brasileira 2. Crônicas brasileiras I. Título

CDU 869.0(81)-94
CDD 869.987

Índice para catálogo sistemático:
1. Literatura brasileira : Crônicas 869.0(81)-94
(Bibliotecária responsável: Sabrina Leal Araujo – CRB 10/1507)

SÁ EDITORA
Tel./Fax: (11) 5051-9085 / 5052-9112
E-mail: atendimento@saeditora.com.br
www.saeditora.com.br

Para os meus amores

ÍNDICE

APRESENTAÇÃO

Meus pais, que foram casados por 62 anos – até a morte de minha mãe –, começaram a se relacionar por meio de um espécie de *site* de relacionamento antigo. Funcionava assim, nas pequenas cidades do interior: aos sábados à noite, rapazes e moças solteiros e disponíveis, em seus melhores trajes, reuniam-se na praça central, que em geral ficava em frente à igreja matriz. Então, as moças, braços dados aos trios ou quartetos, dependendo da largura da calçada, começavam a circular todas numa direção, formando um grande carrossel feminino. Os moços, não de braços dados, é claro, postavam-se na rua, à beira da calçada, parados a olhar para as donzelas que desfilavam aos risinhos e enrubescidas. As moças davam voltas e voltas e voltas ao redor da praça. Nessa vitrine humana, olhos se cruzavam, corações batiam mais forte. Após semanas de flerte, o rapaz tomava a iniciativa de abordar a moça escolhida, mas obviamente a eleita já havia emitido antes sinais positivos por meio de olhares e sorrisos. Muitos namoros e casamentos surgiam desse hábito de "passear no jardim", como se chamava na época. Posteriormente, o termo seria americanizado, como tudo, e passou a ser *footing*, até que o próprio costume se extinguiu, ou quase.

Mais tarde, os barzinhos passaram a cumprir essa função, embora sem o escopo específico do modelo antigo, já que o espaço é genérico e presta-se a muitos objetivos, como encontros de amigos, familiares e até profissionais. Conceitualmente, portanto, os verdadeiros sucessores do passear no jardim são os grupos de relacionamento próprios para os que querem procurar seus pares, especialmente os modernos *sites* eletrônicos, que podem ser chamados de *footings* cibernéticos. Conheço vários casos de encontros por meio da navegação eletrônica que resultaram em grandes amizades, bons namoros ou até em casamentos.

Parece pouco romântico, mas no fundo é a forma prática que o mundo globalizado das grandes metrópoles encontrou para facilitar os encontros, mantendo um mínimo de privacidade e segurança. Seria impensável, hoje, que os jovens paulistanos se reunissem na Praça da Sé, num gigantesco *footing* real. Além disso, a grande vantagem dos *sites* de relacionamento *on-line* é a multiplicação das chances de encontros, já que o planeta Terra é o limite (por enquanto...).

Muitos destes textos foram originalmente escritos para um *site* de relacionamento, o www.metadeideal.com.br (do UOL). Falam do amor a dois, mas também de outras paixões – tudo o que faz a vida valer a pena. Agradeço aos meus amores, em especial à minha família e aos meus amigos, simplesmente por existirem e me permitirem amá-los.

Dizem meus amigos que ler meus textos é como conversar comigo, porque apenas conto minhas mazelas e atrapalhações, sem maiores pretensões. A ideia é essa, leitor: vamos bater papo sobre os altos e baixos do amor.

TODOS DIZEM EU TE AMO

Eu te amo é uma frase fácil de dizer e deliciosa de ouvir. Nas novelas da TV, então, fica especialmente glamourosa. Talvez por isso tenha se tornado uma expressão banal, repetida por namorados, amigos, parentes, amantes e cônjuges – mesmo que, algumas vezes, de forma quase protocolar, burocrática.

Vamos pôr um mínimo de ordem nesse galinheiro. Dizer *eu te amo* deveria ser algo um pouco mais sagrado, menos trivial, até em respeito aos monstros sagrados que pensaram originalmente sobre o conceito do amor. Pelo que sabemos, os pioneiros foram Confúcio, Buda e os filósofos gregos, coincidentes, em grandes linhas, na forma de refletir sobre a compaixão, entendida aqui no sentido rico da empatia e da generosidade, não no significado restrito da pena. Trata-se de participar do sentimento do outro – no fundo, a maneira mais generosa de amar: "Não devemos fazer aos outros o que não queremos para nós próprios". Igualar o outro a si próprio é o melhor jeito de amar, porque é a melhor defesa para o próximo, a forma mais garantida de respeitá-lo. Mais tarde, Cristo e Maomé voltariam a insistir no conceito: amar o próximo como a si mesmo.

Nesse sentido, amar é uma atitude filosófica e/ou religiosa (porque busca dar um sentido à vida) que exige um esforço na direção do não egoísmo. Significa, numa relação, não colocar seus interesses egoístas na frente dos interesses do parceiro. Assim, todos podem dizer *eu te amo*. Entretanto, há formas ocas, vazias, da boca pra fora, como se um papagaio repetisse a frase. E há também formas sublimes, com conteúdo, ditas com o coração. É mais digno de proferi-la quem pensa no outro, ou, como defenderam os filósofos e os profetas, quem trata o outro como gostaria de ser tratado.

É muito discutível, por exemplo, que alguém possa matar por amor, justificativa hipócrita para certos crimes passionais. Se isso for amor, trata-se de um amor de quinta categoria, egoísta, sub-humano. Parece mais sadismo patológico. Mas, mesmo em cenários menos trágicos, alguém que na prática cotidiana – inclusive nas coisas mais triviais – não cumpre o que foi combinado a dois, de comum acordo, também não tem autoridade total para dizer que ama o parceiro, simplesmente porque o ignora, não o leva em conta, não o respeita. Muitas vezes, até com a cumplicidade masoquista do parceiro.

Amar de verdade dá trabalho, exige elaboração, questionamento e, principalmente, prática. Amar é ver o outro como um igual, colocar-se no lugar dele e demonstrar essa atitude cotidianamente. E pedir desculpas quando isso não ocorrer – desde que a necessidade de pedir perdão seja exceção, não regra.

Em suma, há amores e amores, e formas e formas de declará-los. Considero que uma de nossas grandes missões na vida é ter autoridade para poder dizer, do fundo da alma e de boca cheia: *eu te amo!*

A CAPACIDADE DE SE ENCANTAR

O aniversário de 23 anos do meu filho mais velho foi uma divertida festa à fantasia, à qual compareceu também meu filho menor, então com 3 anos. Não era horário para criança, mas, afinal, a festa era do irmão. Valeu a pena e eu, a Mulher Gato, estava feliz ao ver meus heróis, um Robin de quase um metro e noventa ao lado de meu pequeno Batman, que passeava, maravilhado, entre tantos personagens.

Lá pelas tantas, alheio às parcerias corretas, Batman descobriu uma linda Emília, aquela do Sítio do Picapau Amarelo. Encantou-se. Seus olhos não conseguiram mais se descolar da boneca viva, que ele perseguiu por toda a noite. No início, Emília achou o máximo, já marmanja, ser alvo da paixão de um meninozinho, mas imagino que, com o passar das horas – e com tantos outros jovens heróis soltos pela festa –, deva ter sido um pouco maçante a perseguição do pequeno fã. No dia seguinte, todos despidos de suas fantasias, ele recusou-se a acreditar, por algum tempo, que a Emília era apenas uma pessoa comum, uma das amigas do irmão. Não me esqueço do seu olhar de decepção, a paixão intensa esvaindo-se tão rápido.

Tempos depois, a cena repetiu-se com Mateus, já bem mais maduro com seus 5 anos. Passamos num bar para cumprimentar amigos, e meu filho bateu os olhos na *band leader* que tocava guitarra e cantava. Foi, de novo, paixão à primeira vista. Ele não queria saber de mais nada – nem da batata frita – além de olhar para ela, enternecido, e dar longos suspiros. Nos intervalos das músicas, tirou fotos da musa, pediu-lhe autógrafo, garranchou seu nome num guardanapo de papel e entregou a ela com um beijo. Na volta para casa, já no carro, ele continuava com o olhar perdido na direção da lua, que se via pela janela. De repente, voltou-se para mim, distraído, como se falasse consigo próprio, e perguntou: "Mãe, você sabe por que minha boca fica assim sorrindo sozinha, sem eu mandar?". Disfarcei e disse que não, não sabia. "Porque estou completamente enlouquecido por ela..."

Achei sua definição do sentimento de paixão uma das melhores que já ouvi: a boca sorri sem a gente mandar. Claro que no caso não se tratava da paixão carregada dos significados que lhe atribuímos quando adultos, mas, de qualquer forma, enxerguei ali talvez um embrião da capacidade de se encantar – e fiquei muito feliz.

Encantar-se exige criatividade, porque, em alguma medida, o encantamento significa fantasiar sobre alguém ou algo. Trata-se sempre de uma interpretação imediata sobre o objeto da paixão. Meu filho certamente imaginou que a Emília poderia levá-lo a viagens fantásticas, usando pó de pirlimpimpim. Ou que a *crooner* da banda seria uma musa sempre bela, uma sereia de permanentes cantos inebriantes. No instante do encantamento, não lhe passava pela cabeça que a boneca poderia ser uma pessoa comum, ou que a linda cantora possa, no dia a dia, acordar descabelada e de mau humor, como qualquer mortal.

Apesar de tudo, vale a pena a autoenganação do encantamento, por proporcionar uma das melhores sensações da vida, uma transcendência que nos faz, a um só tempo, divinos e mais humanos. Pergunto-me se a capacidade de se encantar é um talento, uma predisposição biológica que pode ser abafada ou desenvolvida pelos incentivos do meio e da cultura. Constato com frequência que se trata de um gradiente: alguns parecem ter pouca capacidade de se encantar, o que talvez os prive de grandes prazeres, mas, em contrapartida, os livra de grandes sofrimentos causados pela (inevitável) decepção. No outro extremo, há quem tenha predisposição para se encantar com tudo, intensamente – com os prazeres e inconveniências dessa postura.

Não sei o quanto esse modo de ser é decisão, o quanto é determinação, mas, nesse gradiente, espero que meus filhos preservem o talento necessário para se encantar – mesmo que à custa de posteriores desencantos. Porque é isso que faz a vida valer a pena.

SEXO FRÁGIL

Está bem, eu admito: também tenho pavor de barata. O que me consola é que não sou a única, já que quase todas as mulheres o tem. Cá entre nós, é ridículo. Trata-se de um ser nojento, mas não venenoso, sem nem ao menos um ferrão para nos atacar, só umas inofensivas antenas. Apesar de reconhecer tudo isso, até o meu último fio de cabelo se arrepia quando vejo uma. Não sou das piores, porque ao menos tenho reação discreta (leia-se, fico paralisada). Tenho uma amiga que grita enlouquecidamente, como se estivesse prestes a ser atacada por um urso-polar faminto. Outra me confidenciou ter ficado horas em cima de uma mesa, monitorando o inimigo em suas rápidas corridas, sem nem um telefone celular à mão para chamar os bombeiros. Só foi salva quando o marido chegou para matar o monstro e livrá-la do perigo.

Parece inexplicável, mas Freud explica. Nos casos mais graves, trata-se de uma fobia, um pavor desproporcional ao perigo real. Da mesma forma, é fora de medida o temor que alguns têm de altura (acrofobia), mesmo estando em lugares seguros, ou locais fechados (claustrofobia), ou de multidões (agorafobia) etc. Mas, para a desmoralização completa das mulheres, a fobia feminina ("baratafobia"?) é a mais ridícula de todas. Arriscam alguns especialistas que esse ser repugnante simboliza para o inconsciente feminino a rejeição do lado obscuro da sexualidade. Sei lá, só sei que aquele *creck* gosmento (argh!) após a chinelada é insuportável. Por isso, preciso de um herói autêntico para me defender.

Ou precisava, até que tive um namorado que também tinha pavor de baratas. Fiquei desconcertada a primeira vez em que ambos encaramos umas dessas feras. Ignorando sumariamente meu estado catatônico, ele deu um berro meio parecido com o do Tarzan (até pensei que estivesse chamando a Chita para nos ajudar). Fui tomada pela surpresa e por uma vontade quase incontrolável de rolar no chão de rir – mesmo correndo o risco de passar por cima da barata. Como não tinha outro jeito, venci meu medo e fui, corajosamente, enfrentar e abater o animal. Sou grata até hoje a esse meu ex-namorado por me proporcionar uma situação única e me mostrar que podemos, sim, vencer nossos piores medos.

OK, os homens são fisicamente mais fortes, mas não é só isso que explica a sensação de vulnerabilidade que às vezes nos assola quando não há um deles por perto "para nos defender". A sensação não tem lastro na realidade, mas lembro-me de tê-la experimentado em cores vivas, logo após o meu divórcio. Estar sem um parceiro do sexo forte ao meu lado deixou-me como que desprotegida, até que pensei e percebi a falta de nexo daquela situação, pois eu sempre tinha sabido me virar – e me proteger – sozinha.

Agora, já mais madura, talvez já devesse ter aprendido a lição em definitivo, mas confesso que tenho minhas recaídas. Outro dia, por exemplo, estava com familiares andando por um sítio e vi que o caminho nos levaria a passar perto do gado, incluindo uma vaca recém-parida. Achei arriscado. Minha mãe, então com 76 anos, tentou me tranquilizar: "Sem problemas, seu pai está com a gente". Pensei com meus botões: "Romântica a minha mãe, mas meu pai, apesar de vigoroso, tem 82 anos!", Ele, já à frente do grupo, munira-se de um galho comprido, seu improviso de arma. Fiquei com vergonha de me mostrar tão covarde, e fomos em frente. É claro, um novilho resolveu encarar-me e – em minha interpretação – vir em minha direção, como um touro numa arena em Madri. Foi instintivo, e gritei: "Paieeeeê"! Os que estavam junto morreram de rir porque, alegaram, o novilho estava correndo de mim, e não me enfrentando. De qualquer forma, o fato foi que, na hora H, recorri ao meu primeiro herói – o maior de todos, com 82 anos e tudo.

NÃO TEM PREÇO

Se fosse um comercial de TV, o *slogan* final seria: "Ser independente e dona do próprio nariz: não tem preço!". E não tem mesmo, ao menos no que se refere à liberdade que essa independência pode dar à mulher (ou a ambos os parceiros) numa relação a dois.

No antigo modelo de casamento, havia uma divisão clara: o homem era o provedor financeiro, a mulher cuidava da casa e dos filhos. Já vi esse modelo dar muito certo – meus próprios pais o experimentaram com sucesso por mais de sessenta anos, porque se respeitavam. Mas havia (e talvez ainda haja) casos em que o marido não deixava a mulher trabalhar, como se ele fosse um adulto e ela uma criança, um ser inimputável. Não raro, quando ela estava feia e gorda, ele a trocava por uma mulher mais jovem, deixando a original sem profissão e dependente de alguma magra mesada. Já vi mulheres escravizadas a casamentos infelizes, simplesmente porque, tendo perdido o bonde profissional, não poderiam se manter sozinhas. Claro, há outras formas de escravidão que acorrentam parceiros a relações falidas, mas, se ao menos essa questão – a financeira – não atrapalhar, já é um grande passo.

Lembro-me de ter ficado chocada com a justificativa de uma pessoa conhecida para a decisão de matricular sua filha num colégio de elite: lá há bons partidos. Não mencionou se os princípios da escola eram os partilhados pela família, se o método de ensino era bom ou ruim. Pensei sobre o que essa menina iria focar na vida: construir sua própria carreira profissional – e, claro, também uma família saudável – ou agarrar o primeiro abonado que passasse pela frente? Como gostava da menina, consolei-me ao concluir que ela era suficientemente esperta para não cair na arapuca que a mãe, com a melhor das intenções, lhe preparava.

Apesar de ter passado a infância numa cidade do interior, onde a sugestão adulta de "casar-se com um bom partido" estava no ar, nunca ouvi tal estímulo dos meus pais, ao contrário do que acontecia em relação à minha *performance* escolar. No entanto, sempre esteve implícito, em seus exemplos, que família e filhos são sempre prioridades. Esse modelo também se tornou minha verdade e posso simultaneamente dar-me ao luxo de estar numa relação – ou não – por ene motivos, menos por dependência financeira. Não quero dizer que todos os problemas de relacionamento se resolvam com tal autonomia. Não, continuamos com todas as pequenas e grandes questões da convivência, os altos e baixos, as crises. Mas o ponto de partida fica menos confuso.

Fora a questão prática (e ressalvadas, de novo, as relações em que a partilha é vivida de forma saudável), pode ser humilhante para a mulher pedir dinheiro ao marido. Acho deplorável o estereótipo que mostra a mulher como uma consumidora compulsiva, uma adoradora de cartões de crédito do parceiro. É muito bom pedir a opinião do outro sobre uma roupa que experimentamos numa loja, como um item a mais a ser considerado na decisão de compra, mas, no fim, poder decidir ficar (ou não) com ela, de forma autônoma.

Dados divulgados pelo Instituto Brasileiro de Geografia e Estatística (IBGE) mostram que há mais solteiras entre as mulheres com maior nível de renda, comparativamente à proporção de homens casados com maior *status* social. As explicações podem ser muitas, mas se uma delas for a de que as mulheres estão dependendo menos de um bom casamento como meio de vida já será um bom avanço. Porque, de fato, independência não tem preço.

MARIDO PROFISSIONAL

Li numa revista que existem empresas que podem ser chamadas, a qualquer hora, para fazer aqueles servicinhos caseiros simples, em geral atribuídos aos maridos: arrumar fiações elétricas, instalar lustres, resolver problemas básicos de encanamento e alvenaria etc. Achei positivo, embora seja apenas uma sofisticação do papel há tempos desempenhado pelos zeladores dos prédios em seus horários de folga.

Eu não sei fazer nada disso, sou uma incompetente completa nessas pendengas e reconheço (ou fui forçada a, após fazer explodir eletrodomésticos em casa). Mas resolvo facilmente tais problemas, terceirizando a tarefa ou transferindo-a para quem entende do assunto. O problema é que esse parece ser um departamento exclusivo dos maridos, que veem a intrusão de outro como grande ofensa, como se estivéssemos jogando na cara deles que são inábeis, ou que não são machos o suficiente. Ameace chamar o zelador para ver a cara amarrada.

Definitivamente, não é esse o caso. Sabemos que cada um é um ótimo encanador, eletricista, marceneiro, entre outras habilidades do extenso currículo. O problema é o tempo que levam para tomar uma atitude; em alguns casos, a vida toda. Já vi exemplos em que o marido se foi, e o conserto ficou pendente.

As justificativas existem, é claro: um dia o tempo é curto; noutro, a ferramenta necessária, que estava na gaveta, sumiu (essas crianças!); na próxima cobrança, o fio comprado não tem o calibre certo, e assim por diante. Nem fazem aquilo, nem saem de cima. Enquanto isso, haverá um fio caído do lustre no meio da sala, que a gente justifica para as visitas como sendo uma instalação apresentada na última Bienal, obra caríssima de uma artista famoso que representa "a luz e o caos, o tudo e o nada". Ou uma torneira pingando (em geral, no banheiro ao lado do quarto, para nos fazer lembrar do problema a noite toda). É inevitável o desejo de demitir o "prestador de serviço caseiro".

Assim, louvo as modernidades, a facilidade de termos tudo num piscar de olhos, bastando acionar o telefone e chamar uma empresa especializada. Mas o fato é que as mulheres precisam também de outro recurso, prévio à terceirização: um serviço para convencer o marido a resolver logo o problema – ou deixar que outro o faça.

HERÓIS SOLITÁRIOS

Nos contos de fadas infantis, heróis e heroínas, em geral, casam-se: Cinderela e Branca de Neve com seus respectivos príncipes, Bela com a Fera, Aladim com Yasmin e assim por diante. Até Wendy tenta seduzir Peter Pan – o eterno menino na Terra do Nunca – a ir para Londres, onde ele poderia crescer e ser um homem de verdade.

Os heróis infantis modernos, no entanto, são solitários. Batman/Bruce Wayne tem um *affair* sugerido com a Batgirl e é atraído pelas fascinantes maldades da Mulher Gato, mas fica tudo por isso mesmo. O Super Homem/Clark Kent gosta da Lois Lane, mas também nada acontece. O Homem Aranha/Peter Parker até considerou ficar com sua amada, Mary Jane, mas concluiu que seria um risco para ela, tendo ele tantos inimigos, e a desiludiu. Apenas o Sr. Incrível, gordo e acabado, tem uma família.

Aliás, a moda do politicamente correto (a favor das minorias – apesar de mulheres serem maioria) impôs a algumas séries televisivas modernas o padrão do marido infantilizado e da esposa-mãe: Wilma Flintstone é obrigada a ter uma paciência de Jó com o sempre atrapalhado Fred; Dino da Silva Sauro é o impagável personagem que vive às turras com a sogra e com Baby, seu filho mais novo, na disputa pela atenção da tolerante Fran, da *Família Dinossauro*. Homer, o patriarca da família Simpson, é sem dúvida o personagem mais engraçado do grupo, pelas atitudes politicamente incorretas, enquanto sua mulher, Marge, segura as pontas. Sinal dos tempos?

É bem verdade que os contos de fada acabam exatamente no casamento, quando os heróis serão "felizes para sempre". Têm a função de mostrar sequências mitológicas construídas por muitas gerações, que refletem as profundas questões humanas, já presentes na infância: a luta do bem contra o mal, as agruras pelas quais passam os heróis e a vitória final. Esses enredos ajudam a aplacar as enormes inseguranças infantis que lhes geram angústias.

Quanto aos heróis modernos, devem apenas encarnar o bem e vencer o mal, cotidianamente, episódio após episódio. Provavelmente perderiam o encanto se não fossem obsessivos e focados em suas missões heroicas. Claro, pois talvez os fãs não gostassem se, em meio a um salvamento, o Super Homem recebesse uma mensagem para comparecer urgente à escola do filho, porque ele suspendeu no ar a professora que o havia repreendido. Ou se o Homem Aranha fosse obrigado a dormir no sofá, por ter sujado a parede da sala em suas escaladas. Ou se a Batgirl ficasse furiosa com o Batman, por ter ele ficado no bar com o Robin, até altas horas, e se esquecido do aniversário de casamento.

Pensando bem, é melhor deixar tudo como está, com os heróis vivendo, no máximo, amores platônicos. Obrigá-los a se casarem seria muito choque de realidade para as pobres crianças que ainda imaginam o mundo sem complicações, com a simples esperança de finais invariavelmente felizes.

MEMÓRIAS

Outro dia li sobre uma estranha doença, a de uma mulher que simplesmente se lembrava de todos os momentos de sua vida. À primeira vista esta anomalia parece ótima. Quem não gostaria de ter memória absoluta, podendo consultar, a qualquer momento, qualquer parte do arquivo? Para mim, que nunca me lembro o que comi ontem, soou como maravilha. No entanto, trata-se de motivo de sofrimento para quem é acometido do mal, e basta refletir um pouco para entender as razões. Uma coisa é ter boa memória e poder lembrar-se do que é relevante, quando necessário. Outra, não dispor de filtro para o que de fato é importante em nossa vida, e registrar de forma pasteurizada, em fichas iguais do acervo, o dia do nascimento do filho e a ida ao supermercado.

Somos pautados por nossas cenas passadas mais marcantes, e a rigor nossa história é essa sequência de cenas, como se a vida fosse o contínuo escrever de uma peça – nem sempre com o *glamour* de um drama shakespeariano. Obviamente, o filtro é pessoal e subjetivo. Algo que para alguém é divisor de águas, determinante de cenas subsequentes, para outro pode ser irrelevante, cena descartada do enredo. Mais interessante ainda é que o autor/ator desse enredo conhece somente a parte dele – aquela que ele pode lembrar. Outra parte, apesar de também interferir em sua visão de mundo e, portanto, influenciar nas cenas futuras, fica guardada no sótão do inconsciente. Trata-se de um papel de risco, porque nem ao menos temos ciência total dos condicionantes daquilo que vamos escrever e vivenciar.

Buscar a consciência não é fácil, mas refletir sobre as cenas conhecidas – em especial as da infância – também pode ser esclarecedor. Uma das mais antigas que me lembro é bem didática: eu tinha cerca de 4 anos, e meu irmão imediatamente mais novo, menos de 1 ano. Naquele tempo, meu pai tinha uma loja, e os atacadistas o visitavam para abastecer o comércio com seus produtos. Eu adorava as visitas porque, além das novidades que traziam para a loja, sempre ganhava algum brinde que os atacadistas, interessados em "adoçar" o comprador, ofereciam aos seus filhos. Numa dessas visitas, ganhei meu presente, e na sequência o visitante se virou para entregar o de meu irmão, que estava sentado no carrinho de bebê. Era uma bonequinha pequena e sem graça, mas eu a desejei imediatamente – talvez porque não fosse minha. Ainda hoje me lembro da ebulição do momento, da vontade de provar – para mim mesma? – que, se quisesse, poderia ter aquela boneca. Fiz uma cena qualquer e de fato a consegui. Meu irmão nem reclamou, porque era muito pequeno para entender o que estava acontecendo, e os adultos imediatamente se distraíram com outros assuntos. Para mim, no entanto, a cena foi marcante: a sensação que me invadiu explica até hoje meu comportamento em relação a certos assuntos. Claro, eu não tinha a capacidade de elaboração de um adulto, mas o sentimento foi claro: a boneca não tinha importância para mim. Eu apenas a quis para provar que podia, e porque queria para mim, além da atenção que me era dada, também a parcela de atenção que pertencia ao meu irmão. Solitariamente, sem nem conhecer ainda o significado das palavras, vesti a carapuça de ciumenta e egoísta, o que foi arrasador e pesado. Desgostei para sempre de tal sensação, bem como dos ciúmes, em mim ou em qualquer pessoa, na forma leve ou intensa. Entendi que era amada e tinha atenção, e que roubar o que pertencia ao meu irmão não me faria sentir melhor.

Moral da (minha) história? Nada nos moldes das grandes fábulas, mas apenas a lição de que tudo tem vários lados, alguns positivos, outros nem tanto. Gosto de não ser ciumenta, não apenas conceitualmente, mas também na prática, porque acho que isso me ajuda a sofrer menos nas relações. Por outro lado, aquela cena seria prenúncio de uma atitude com a qual eu teria que lidar para sempre, a de achar que preciso abrir mão de minhas necessidades, pelo temor de ser egoísta. E a compreensão perene de que, como disse Guimarães Rosa, viver é mesmo muito perigoso.

ADORÁVEL SARNA

Quando anunciei, aos 42 anos, que estava grávida, ouvi os parabéns dos parentes e amigos, todos atônitos, olhos arregalados pela incredulidade. Em seguida vinha a frase: "Que corajosa você é!". Era evidente a minha felicidade, mas por trás dos parabéns havia dúvidas e comentários não externados: "Que espécie de maluca você é, para inventar essa moda quando seu primeiro (e até então único) filho já tem 20 anos? Vida estável, trabalho que exige muito tempo e disponibilidade quase integral, tudo isso abalado por um projeto irreversível e perpétuo (afinal, não se mexe em time que está ganhando)". Em resumo: por que arrumar sarna para se coçar nessa altura do campeonato?

Apesar de querer muito ser mãe de novo, pensei em tudo isso antes de arrumar a "sarna", ou seja, de engravidar do Mateus, vinte anos após ter tido o João. A questão das condições físicas para a empreitada, sendo eu já quarentona, foi a mais fácil de resolver, bastando uma bateria de exames médicos. Depois, havia a questão prática de acomodar projeto tão importante, e que também exige tempo quase integral, dentro de uma agenda já sem brechas. Como minimizar o impacto de minha ausência no trabalho e, ao mesmo tempo, cumprir as obrigações maternas básicas, como a amamentação? Como lidar com a culpa profissional quando estivesse cuidando do bebê, ou com a culpa de mãe quando me dedicasse ao trabalho? Mas conclui: se eu havia lidado com a questão há 20 anos – ainda que muitas vezes estivesse à beira de um ataque de nervos – por que não saberia superar isso de novo, agora que sou mais experiente?

A questão decisiva, no entanto, foi refletir se eu já estava curada da mania de perfeição que me acometeu quando o João nasceu e que me transformava num verme cada vez que alguma coisa não dava certo. O mecanismo era: se meu filho é a coisa mais importante da minha vida, eu simplesmente não posso errar com ele. Tolerância zero comigo mesma. Demorou para cair a ficha de que a missão era impossível, e que eu iria errar, sim, como todas as mães. Pensei no quanto eu havia mudado com a maturidade, no quanto minha vida ficava cada vez mais leve, permitindo-me até rir de mim mesma. Ponderei que a idade me deu peito para discordar do mundo e dos especialistas, se necessário, no que se refere à conduta como mãe. Concluí que daria para encarar o assunto pela segunda vez, e até com mais tranquilidade.

Mesmo depois de toda a racionalização, pôr mãos à obra foi como pular em piscina com água fria: num certo momento, é melhor dar o salto e pronto. Foi importante poder provar para mim mesma que posso, sim, decidir atender a um desejo intenso a despeito das conveniências da vida. A lição vale para outras ousadias da maturidade: mudar de rumo profissional, remover convicções arraigadas, descobrir novas paixões. E, mais importante que tudo, pude confirmar minha sensação de que filho é a melhor sarna que existe: continuo não sabendo responder às questões existenciais: de onde viemos, para onde vamos? Mas sei que, só por meus filhos, tudo vale a pena.

(QUERIDOS) CAFAJESTES

Dizem que mulher não resiste a um homem carente. Concordo e digo mais: muitos deles sabem disso conscientemente e exploram essa nossa predisposição à maternalidade postiça. Um amigo, inteligente como ele só, confessou-me ter usado do expediente para obter retorno de uma amiga comum, que se autoisolara. Ele tentou contato telefônico, por *e-mail*, e nada. Então, apelou: enviou-lhe *e-mail* dizendo que estava mal. Num minuto ela ligou, preocupada.

A ciência tem ajudado no uso intencional do que se fazia com base na intuição. Li sobre pesquisas indicativas de que as mulheres buscam nos homens, inconscientemente, indícios de propensão à paternidade – até porque, modernas ou não, um de nossos interesses primordiais continua sendo ser mãe e, claro, queremos sempre o melhor pai. Há traços ou sinais reveladores dessa predisposição, e que, intuitivamente, são captados pelas mulheres, servindo como fatores de atração.

Pois bem, agora os safados sabem (também) conscientemente desses dados e se aproveitam deles. Outro dia, pilhei um colega de trabalho, numa reunião, fazendo discurso sobre sua preocupação com os filhos, e de como havia decidido passar mais tempo com eles etc. Desmascarei-o, acusando-o de fazer propaganda enganosa. Ele apenas riu e reconheceu: "Nunca neguei que sou um cafajeste, até porque todos somos".

O jogo é sabido, mas que mulher fica indiferente à cena de um homem sozinho com crianças num *shopping center*? Pode ser só um pai que ficou com os filhos enquanto a mulher foi ao cabeleireiro, mas elas imediatamente montam o enredo-clichê: é (mais) um divorciado que, quinzenalmente, nos fins de semana, fica com as crianças, sem saber o que fazer com elas, sem nem ao menos uma mão feminina para dar uma força. Coitados. Já soube até de homens que tomam emprestados sobrinhos para passear.

Se for o oposto, ou seja, uma mulher sozinha às voltas com as crianças, eles provavelmente passarão bem longe, *vade retro*, para nem ao menos haver a chance de os olhos se cruzarem. Vai que o Cupido está por perto...

DE PORTA ABERTA

Quem conviveu com gerações mais antigas, principalmente com as que viviam na zona rural, sabe: a intimidade emocional e física do casal, mesmo que ambos estivessem juntos há muito tempo, era cerimoniosa e reduzida. Embora, obviamente, o sexo fosse habitual – o grande número de filhos o comprova –, muitas vezes o marido só sabia da gravidez da esposa quando já estava visível e avançada. Era vergonhoso e constrangedor falar de qualquer coisa relativa a contato físico, e mais ainda praticá-lo, especialmente na frente dos outros, mesmo que fossem da família. Ninguém se abraçava ou beijava, ao menos não em público.

A urbanização e os meios de comunicação ajudaram a transformar esses hábitos, certamente para melhor. Sem chegar aos exageros das cenas tórridas entre famosos, captadas pelos *paparazzi*, é saudável que o casal possa tocar-se carinhosamente na frente dos filhos.

Por outro lado, há que se pensar se o excesso de intimidade também não tem os seus revezes. Hoje o casal partilha tudo, correndo o risco de destruir todo e qualquer *glamour*. Recorrendo a estereótipos: em nome da beleza (para o resto do mundo), a mulher não tem pudor de se cobrir de cremes antes de se deitar, fazendo o marido imaginar-se a dormir no palco do Cirque du Soleil. Em nome do conforto, o homem está à vontade para se meter em seu pior calção, aquele largo que realça sua barriga de chope. No dia a dia, tudo é feito de portas escancaradas. Haja imaginação para se desejar uma noite de sexo depois. Isso sem contar a intimidade verbal, que muitas vezes tira todo o charme da convivência.

Em nome da preservação do relacionamento a dois, talvez seja necessário preservar também algum mistério. Esta palavra, mistério, deriva de um verbo grego cujo significado é "fechar os olhos ou a boca". Não é preciso ver tudo, nem falar tudo, nem deixar as portas tão abertas. É melhor adivinhar ou fantasiar uma parte. Porque intimidade é muito bom, mas, em excesso, tira a graça e o mistério da convivência.

MACHOS ALPHA, GO HOME!

Outro dia, li trechos de revistas antigas, dos anos 1950, e pude reiterar como o mundo mudou em tão pouco tempo. Uma delas em particular parece ter sido editada em outro planeta, tão estranhos se mostram seus textos aos olhos de hoje: o *Jornal das Moças*, revista dedicada ao segmento feminino. É fácil encontrar recomendações cômicas – embora na época fossem a sério – dirigidas às esposas.

Vejamos alguns trechos: "Mostre-se feliz quando ele (o marido) passar uns dias (...) em casa, podendo desfrutar de calma absoluta (...) e, nesse caso, não peça para ele ajudá-la na limpeza (...) e outros afazeres. Pelo contrário, convença-o de que precisa descansar e recuperar as energias perdidas no trabalho da semana, para que ele possa retornar alegre e satisfeito ao serviço na segunda-feira". Ainda no quesito limpeza, a seguinte frase também é muito boa: "A desordem em um banheiro desperta em um marido a vontade de ir tomar banho na rua". Mais uma pérola da revista. "A boa esposa faz do marido um homem muito feliz. Entusiasma-se com as ideias dele, suas piadas e histórias, só para agradá-lo e/ou incentivá-lo." Finalmente: "Não seja dominadora, lembre-se que você é mulher e faça um esforço para dominar seus caprichos (...)".

Que impacto tiveram a pílula anticoncepcional e a entrada maciça das mulheres no mercado de trabalho! Hoje, considerando que em geral a desordem em um banheiro é causada pelo próprio marido, não seria estranho se a própria esposa o incitasse a "tomar banho na rua", quem sabe levando junto suas malas. Mas o rearranjo foi profundo em todas as instâncias da família. A antiga configuração colocava a mulher a serviço da prole e, acima de tudo, servindo ao marido. Na hierarquia estabelecida, o marido sem dúvida estava no topo, os filhos em segundo lugar e a esposa, no último escalão. A grande mudança social fez com que, idealmente, o homem e a mulher estejam em papéis iguais, mas, acima de tudo e todos, a criança assumiu a supremacia em atenção e importância.

Recorrendo ao livro *Macacos*, escrito por Dráuzio Varella – se é que podemos recorrer a esse tipo de analogia –, a reorganização da estrutura familiar humana parece fazer sentido. Varella descreve as características de três sociedades de macacos dominadas por machos (orangotangos, gorilas e chimpanzés), e uma matriarcal, a dos bonobos. Nos quatro grupos, as fêmeas vivem para cuidar dos filhotes, e a cada um a mãe dedica cerca de sete anos de sua vida. No entanto, a teia de relações difere radicalmente entre os grupos dominados por machos ou fêmeas. Nos primeiros, machos têm prioridade absoluta, inclusive na partilha da comida, e não é rara a violência contra as fêmeas e os filhotes. No grupo "feminista", as coisas são bem diferentes: a vantagem é totalmente dos filhotes, que comem primeiro e não são vítimas de violência. Obviamente, o mundo ainda estará longe de ser perfeito nessas novas bases, mas sem dúvida terá chances de ser mais justo e, quem sabe, sujeito a menos conflitos.

ADEUS ÀS ILUSÕES

Por conta das agendas cheias das igrejas mais disputadas, percebo que ultimamente muitos casais marcam a data do casamento com dois ou três anos de antecedência. Parece muito sensata a decisão tomada com tempo para o planejamento da cerimônia e a adequada preparação para a vida a dois.

Se reconheço isso, por que, a cada vez que um casal de amigos ou parentes me informa dessa decisão, minha sensação de júbilo inicial é imediatamente diminuída com a segunda notícia, a do prazo longínquo para a efetivação do casamento? A resposta é simples: embora eu vista uma convincente fantasia de racional, sou uma legítima representante de uma espécie em extinção, a das mulheres românticas. Na minha cabeça (ou no meu coração?), se houve um encontro, ele precisa ser instantaneamente vivido ao máximo. Não foi à toa que meus dois casamentos ocorreram em prazos recordes, quase imediatamente após conhecer cada um dos meus eleitos. Casar-se no auge da paixão é um deleite, um prazer dos deuses – embora o desencantamento inevitável nos pilhe já compromissados, o que não é fácil de enfrentar.

O romantismo foi um "soluço histórico". Antes dele, as uniões ocorriam por arranjos econômicos e conveniências familiares e sociais, não pela decisão dos nubentes. Os mitos alertavam: a paixão não é um bom guia, porque não leva a finais felizes. Tristão e Isolda viveram seu amor, mas acabaram mal; Guinevere e Lancelot, idem; Romeu e Julieta foram punidos com a morte.

Provavelmente, vivemos o auge da idealização romântica e criamos um mito oposto ao anterior: devemos encontrar, pelo "faro" da paixão, a pessoa, única e especial, que é a nossa parceria correta. Parece muito mais complicado que antes. Cada uma de nós, mulheres mais maduras, cresceu aprendendo que acharíamos o homem de nossa vida, a metade da laranja, aquele com quem o destino nos reservava estar até a separação pela morte – e muitas vivemos uma desilusão natural, de forma a nos tornar mais realistas. No dia a dia, uma relação sempre tem altos e baixos, e é impossível que ela seja o mar de rosas sonhado no primeiro momento. Por razões religiosas e pressões sociais, a mulher era quase impedida de admitir essa decepção, embora ela seja parte da natureza humana. Como isso não estava no *script* original, o normal era pensar que alguém errou, ou que o faro não funcionou, não que a meta fosse inalcançável.

As novas gerações de mulheres têm uma formação menos romântica e menos ingênua, e talvez sejam menos suscetíveis ao êxtase inicial de imaginar que haverá um príncipe, único no Universo, a ser encontrado. Em compensação, talvez sejam mais realistas em suas relações. A tendência deve ser buscar relacionamentos estáveis em idade mais madura e, quem sabe assim, a mulher terá mais consciência prévia de que uma relação a dois dá trabalho, exige compreensão e tolerância e pode ser ótima em alguns momentos, mas não tão boa em outros.

O fim do romantismo exacerbado como guia e modelo não significa o fim da paixão. Jovens e maduros continuarão a apaixonar-se, mas, talvez, sem o peso de encontrar, numa espécie de "momento místico" que deveria ocorrer na juventude, um impossível parceiro de toda a vida.

ESCATOLOGIA

Só tive filhos homens, portanto não tenho tanta intimidade com a criação de meninas, mas parece-me que elas são menos afeitas às porquices que os meninos adoram fazer na infância. São peritos em fugir de banhos, em falar de pum (e praticá-los), em fazer xixi fora do vaso, ou em enfiar o dedo no nariz, sem a menor cerimônia.

Desconfio que essa tendência se mantenha na fase adulta, embora com um pouco mais de autocensura, impingida por anos de recriminações das pobres mães. Ou melhor, talvez eles tentem esconder – e acham que o fazem –, mas continuam iguais, principalmente no que se refere à adoração ao "membro" nasal. As mulheres motoristas são sempre acusadas de aproveitar as paradas nos semáforos para se olharem no espelho, mas e quanto aos homens? A maioria se comporta bem, é verdade, mas um dos esportes preferidos de alguns é cavoucar o nariz, compenetradamente. E não acusem, preconceituosamente, só os caminhoneiros de usarem a unha longa do dedo mindinho. Não! Às vezes, é possível pilhar respeitáveis senhores engravatados em plena prática dentro de seus carros importados. Talvez achem que os vidros fumês os protejam.

O pior é quando somos obrigadas a interagir com esses seres. Eu mesma já fui apresentada a executivos importantes, com os quais teria reuniões de trabalho. No primeiro contato, homens gentis e educados, além de inteligentes e, em alguns casos, bonitos. No entanto, terminadas as apresentações e discussões iniciais – quando o clima formal já se desfez minimamente –, quebra-se o encanto e inicia-se o festival: alguns resfolegam como cavalos no pasto, intensa e profundamente. Outros iniciam acariciando o nariz, como se fossem as preliminares e, de repente – em tese, discretamente –, praticam um coito nasal rápido, ali, na frente de todos. Ainda não vi nenhum gozar, mas acho que é questão de tempo.

Mesmo focada no tema da reunião, tenho que acionar uma linha de pensamento paralelo, para planejar como me despedir da pessoa sem ter de apertar sua mão. Seria indelicado? Quem sabe um informal tchauzinho, de longe (afinal, se ele foi capaz daquilo na minha frente, somos íntimos).

Pensando bem, só resta me conformar. Afinal, tenho dois filhos homens que precisarão da compreensão das mulheres. Mas uma coisa é certa: confirmando o jargão, eles só pensam naquilo!

UVAS VERDES

Em 62 anos de casados, meus pais foram um caso raro e exemplar de felicidade simbiótica. Um não vivia sem o outro, o que foi reiterado pelo estado catatônico em que ele ficou enquanto ela esteve inconsciente em razão de problema grave de saúde – e depois quando ela se foi.

Sempre foi impossível pensar em um sem pensar no outro – como não dá para lembrar do Gordo sem o Magro ou do Tico sem o Teco. Eram simplesmente inseparáveis. Dormiam e acordavam juntos, juntos iam ao mercado, à igreja, ao pomar. Cultivaram por décadas o ritual da janela, um momento diário em que contemplavam a cidade passar, como num filme. Tudo isso sem conflitos, com a gentileza eterna dos apaixonados, desafiando a lei que determina as paixões como fugazes.

Sem ela, ele não quer nada, nem comer, nem dormir, nem ao menos pensar. Ao contrário de muitos pais que se tornam pesos para os filhos, dependendo deles em todos os sentidos, meus pais dependiam apenas um do outro. Ao longo dos anos, algumas vezes me pilhei com a divertida sensação de que tentavam se livrar de nós, os filhos, para poderem compartilhar integralmente a cumplicidade que era só deles.

Curiosa que sou sobre a lógica dos relacionamentos, aprendi que relações simbióticas não são saudáveis, que cada ser é único, que é preciso delimitar os contornos da individualidade para poder constituir uma aliança adequada etc., etc., etc. Tudo muito correto, concordo plenamente com essas sábias construções. O que pude perceber agora, com a maturidade que me permite mandar às favas certas sabedorias humanas, é a razão pela qual devemos, sim, condenar as relações simbióticas. É simples: por puro pragmatismo, para nos defender das frustrações, como a raposa da fábula que, não podendo alcançar as uvas, consola-se dizendo: "Estão verdes...".

A relação simbiótica saudável, a que se basta e preenche tudo ao longo da vida, é quase irreal, como se pertencesse ao mundo dos contos de fadas. Pouquíssimos privilegiados têm acesso a esse mundo. A maioria não está preparada para tal relação e, portanto, não pode vivê-la, ou jamais encontrará seu par simbiótico, ou apenas encontra a simbiose agressiva e neurótica – a pior possível. Então, é melhor mesmo condená-la, uma vez que é quase irreal ou inatingível. O normal, a situação *default*, é ser independente e avulso, permitindo-se, é claro, saudáveis relações entre dois seres independentes.

Nada contra, eu mesma defendo essa bandeira. Mas, com o perdão dos psicanalistas pela enorme heresia, se cada um de nós tivesse o espírito e a sorte suprema de encontrar seu par simbiótico – aquele com quem a cumplicidade seria única –, sem dúvida se entregaria a essa avassaladora relação, aquela dos sonhos, aquela que consegue transformar um ser inteiro em reles – e feliz – metade.

NEGÓCIO DA CHINA

Começo com uma boa notícia para a mulherada: em *sites* de relacionamento amoroso, cerca de 60% são homens e 40% são mulheres, o que significa que há 1 homem e meio para cada mulher. Mesmo que não dê para fazer muita coisa com a "sobra", meio homem, aproveitem, porque essa mamata não deve continuar por muito tempo: trata-se apenas de espelho da distribuição estatística, por gênero, dos internautas brasileiros. Sem dúvida, como em todo lugar e em quase todos os nichos, dentro em breve predominarão as mulheres.

Se não, vejamos. Elas agora saem mais de casa que no passado, porque ampliaram sua participação na população economicamente ativa (como se cuidar da casa e dos filhos não fosse atividade...). Continuam firmes em áreas tradicionalmente femininas, como o magistério, e passaram a predominar em antigos redutos masculinos, como o do Direito, por exemplo. Os caminhoneiros e estivadores que se cuidem. Também já somos maioria entre os graduados e pós-graduados universitários no Brasil. Para piorar a sensação de que falta homem no mundo – embora nasçam meninos e meninas em quantidades mais ou menos equivalentes –, morrem mais homens na adolescência e juventude, em razão da violência. Finalmente, a esperança de vida média ao nascer entre mulheres é de 75,9 anos, enquanto a média dos homens é de 68,3 anos. Assim, as mulheres compõem 52% da população urbana no Brasil.

Por enquanto, porque, com o desenvolvimento das técnicas genéticas e a possibilidade de os pais decidirem sobre o sexo dos bebês, não sabemos onde vai dar essa distribuição. Sabemos, sim, que a atabalhoada intervenção estatal nesse assunto gerou um desastre humano no caso chinês. Sob a ditadura comunista, a medida criada para o controle da natalidade foi o forte desestímulo a mais de um filho por casal, incluindo penalidades aos raros que infringiam a regra. Movidos pelo machismo milenar e pelo pragmatismo – uma filha, em tese, não sustentaria a velhice dos pais –, houve a prática do infanticídio de recém-nascidas. As consequências são vistas hoje: o excesso de homens solteiros à caça desesperada de noivas. Elas deveriam revoltar-se agora e exigir haréns às avessas. Seria o máximo, uma vingança histórica, uma tortura chinesa para os homens, como se o filme *Lanternas vermelhas* tivesse de ser refeito com outro epílogo. Imaginem a TV mostrando cenas de um casamento de uma moça chinesa, altiva e exótica, com três ou quatro conformados pretendentes.

Pensando bem, talvez o frango não compense o molho; o momento de glória talvez não compense as consequências. Afinal, como seria tolerar vários homens em casa a fazer xixi fora do vaso? E os rastros de vários pares de meias e cuecas pelo quarto? E, finalmente, se já é duro desculpar-se com um só marido – "Hoje não, amor, estou com dor de cabeça" –, como convencer três ou quatro?

AMIGAS

Gosto de refletir sobre os estereótipos, as verdades criadas pelo senso comum, exatamente por revelarem o modo de ser e de pensar da sociedade contemporânea. Em geral, consigo apreender ao menos o significado e as motivações dos estereótipos mais frequentes. Um deles, no entanto, desafia a minha capacidade de compreensão: a versão corrente de que os homens são mais amigos entre si e, em contrapartida, as mulheres são falsas amigas, cheias de amabilidades aparentes, mas, no fundo, traidoras contumazes. Várias das histórias ou anedotas mais populares repetem essa interpretação.

Aí vai o resumo de duas delas, só como exemplo. Primeira: dois amigos se encontram e cumprimentam-se com as brincadeiras masculinas de praxe, um dizendo que o outro está mais careca, o outro tecendo comentários sobre a barriga de chope do primeiro. Quando se despedem, um comenta com a mulher: "Grande sujeito esse!" Muda a cena, e duas amigas se encontram. Uma pergunta qual o segredo da outra, que está mais jovem. A segunda diz que o segredo deve pertencer à primeira, cada vez mais esbelta. Quando se despedem, uma comenta com o marido: “Nossa, que perua, você viu a roupa dela?”. Segunda anedota: a mulher passa a noite fora e, quando inquirida pelo marido, mente que estava na casa de uma das amigas. O marido liga para conferir, e a tal amiga não confirma. Num caso inverso, o marido passa a noite fora. A mulher o encontra pela manhã, no sofá da sala, todo amarrotado e cheirando a bebida, dormindo profundamente e roncando. Antes de acordá-lo, a mulher resolve ligar para dez amigos do parceiro, para saber onde ele havia passado a noite. Sete confirmam que o marido dela havia dormido em suas casas e três ousam dizer que ele ainda está na casa deles, ali, na cama ao lado...

Nessa questão específica, imagino que devem existir razões para a criação de tal estereótipo, pois “onde há fumaça, há fogo”. Mas devo estar vivendo em outro mundo, em outra dimensão, porque não reconheço essa verdade à minha volta. Em retrospectiva, não me lembro de fase da minha vida em que não fosse vital para mim contar com uma grande amiga, e não consigo imaginar como seria viver sem elas, no presente e no futuro. Quem não precisa de colo ou, mais ainda, de confirmação para certas posturas íntimas sobre as quais não há certezas? Enfrentar o mundo vá lá, mas fazê-lo sem ao menos uma amiga para me compreender exigiria uma coragem que não tenho. Às vezes, uma amiga pode até oferecer uma compreensiva discordância, apontando, com fraternal delicadeza, que uma questão tem muitos ângulos.

Que fique claro: não tenho nada contra os homens; ao contrário, sou fã deles, treinada que fui na infância pela convivência com seis irmãos maravilhosos e companheiros (além de uma irmã). Mas há certo tipo de cumplicidade que só se obtém em um grau máximo de identidade, e aí talvez a similaridade genética faça a diferença. Poxa, se com a convivência a gente consegue até sincronizar os ciclos menstruais, por uma espécie de "comunicação de feromônios", o que dizer da interação emocional? É o que sinto: com minhas amigas do peito, não é preciso explicar, porque elas são como bruxas, sabem de tudo, sempre. Há uma codificação no modo feminino de pensar e de sentir que só as mulheres – e talvez o Chico Buarque – sabem decifrar.

Como uma espécie de cientista maluca, já tentei chegar a esse grau de compartilhamento sentimental com homens ou homossexuais masculinos, sem sucesso – felizmente, porque esse último espaço de não identidade é a graça do relacionamento com o sexo oposto. Obter essa vitória seria a pasteurização final. Com certeza, os homens experimentam o mesmo tipo de identidade grupal com seus pares, e algum estranhamento ou frustração com a falta de compreensão das mulheres com o que há de mais íntimo na forma masculina de ver o mundo. Há um último degrau das profundezas do feminino ao qual a alma masculina não pode descer, como um tabu. E vice-versa.

Que bom que é assim, *vive la différence*! Quanto ao malfadado estereótipo, no entanto, não o reconheço no meu universo. Meu Clube da Luluzinha é forte, unido e, mais que tudo, divertido. Tenho enorme dívida de gratidão com as mulheres maravilhosas que compuseram e compõem o meu mundo e que, nos momentos difíceis, podem me oferecer a dádiva da compreensão.

SANTO ANTÔNIO

Embora o jogo da sedução seja praticado por homens e mulheres, em tese os objetivos são distintos: no caso masculino, em geral a meta é a relação fugaz, preferencialmente (também) carnal. No feminino, o sucesso significa enredar o eleito num casamento eterno.

A fama de Santo Antônio de Pádua como casamenteiro veio de sua dedicação à causa feminina: conta-se que ele, condoído das mulheres sem dote – item essencial para um casamento, nos idos anos 1200 – pedia esmolas e, com o dinheiro, enchia saquinhos que jogava pela chaminé de um convento, onde moravam donzelas pobres e, consequentemente, sem dote.

Talvez sejam apenas exceções, mas ultimamente tenho visto casos de mulheres que recusam casamentos. Santa heresia! Pelas justificativas que ouço, os moços têm tudo aquilo de que elas precisam num marido – mas não naquele momento, antes dos 30. Em outros tempos, esta já seria uma idade de quem ficou para tia. Também tenho visto mulheres que dizem querer apenas casos, amizades coloridas, sem compromissos. Como diria minha avó, este mundo está mesmo perdido! Depois, muitas reclamam da falta de homem...

Fora a questão da verdadeira revolução que essa atitude pode representar, se for mesmo uma tendência, o que será de Santo Antônio? Ele terá de mudar de especialidade – se é que essa reciclagem é possível, no mundo do sagrado. Talvez ele possa agora se voltar ao *target* masculino, para atender aos pobres homens que tiverem rejeitadas pelas eleitas as suas propostas de casamento.

Bem, enquanto todas não enlouquecem de vez, aí vai, para o público mais tradicional, a simpatia mais clássica envolvendo o casamenteiro. Particularmente não concordo com a técnica, por considerá-la chantagem, mas quem sou eu para mudar uma tradição? Pois bem: se você acha que chegou o momento de compromisso e o eleito (ou eleita) tarda a aparecer, primeiro peça ao santo, reze para ele, dedique-lhe flores. No entanto, se, passado algum tempo, nada acontecer, vire o santo de cabeça para baixo, deixando bem claro que ele só voltará à posição normal quando cumprir sua missão, ou seja, quando seu príncipe (ou princesa) enfim aparecer.

Apesar de eu não ser advogada celestial, acho bom avisar: o máximo que Santo Antônio pode fazer é arrumar um parceiro. Viver bem com ele e estabelecer uma relação duradoura é total responsabilidade do "cliente".

CIÚME ENVERGONHADO

Quando meu filho tinha uns 8 anos, durante o café da manhã o assunto girou em torno de um amigo dele, considerado muito ciumento. Já devidamente doutrinado por mim desde que nasceu – pois tenho ojeriza mortal deste humano sentimento –, ele tecia comentários negativos sobre os ciumentos. Correndo o risco de reforçar minha imagem de mãe maluca, uma metamorfose ambulante que a cada momento muda de opinião, ponderei sobre a necessidade de sermos compreensivos com quem é acometido por esse mal, pois muitas vezes a pessoa tenta não ser emocionalmente possessiva, sem conseguir mudar. Para ilustrar, lembrei-lhe que ele próprio, quando tinha pouco mais de 1 ano, tinha ciúmes do irmão mais velho, a ponto de querer proibi-lo de me chamar de mãe, desejando que eu fosse só dele. E, como experiência mais recente, mencionei suas edipianas observações acerca de minhas já discretas roupas, na tentativa de fazer-me ainda menos atraente aos olhos dos homens do mundo. Ao final da conversa, para mostrar-me sua suposta fortaleza emocional, disse, com os olhos marejados: "Pois não sou mais ciumento. Se você me disser que gosta mais do meu irmão do que de mim, não vou reclamar...".

Bem, meu filho já está sentindo na pele a constatação de que viver não é fácil. Mas talvez seja melhor assim, um ciúme envergonhado, quem sabe um degrau para o estágio de ausência total desse detestável maremoto íntimo. Mal comparando, a condenação relativa ao preconceito racial – este, sem dúvida, a escória das manifestações humanas – também tem esses matizes. Após a fase negra da escravidão, a abolição registrou em lei a condenação de parte da sociedade à segregação racial. Em certos países do mundo, a lamentável noção de que há diferença entre raças sobreviveu abertamente entre minorias, o que deu origem a uma exacerbação do ódio entre brancos e negros. No Brasil, subsistiu mais largamente o preconceito envergonhado, algo como admitir secretamente um crime. Ruim, mas o simples fato de ser secreto e, mais que isso, envergonhado contribui para o próprio enfraquecimento do fenômeno. A condenação social ao menos constrange e acua a manifestação escancarada do racismo. E, no âmbito privado, pais racistas envergonhados terão, em tese, menos chances de transmitir a postura condenável para seus filhos – o que ajuda a extingui-la.

O ciúme, antes associado à existência de amor e como sintoma de que a pessoa se importa com o outro, cada vez mais passa a ser visto como mera demonstração de carência, insegurança e, vamos admitir, de chatice mesmo. O ciúme exagerado já é considerado patologia, merecendo até tratamento psicoterápico, e há grupos anônimos iguais aos que agregam dependentes de bebidas ou drogas. O ciúme tido como normal é tolerado, mas é cada vez menos catalogado como desejável. Não quer dizer que ele está fadado à extinção. A peleja entre a passionalidade e a (neurótica?) civilidade parece ser eterna. Mas é fundamental o entendimento de que ciúme não rima com cuidado, comprometimento e respeito ao outro. E, principalmente, não é sinônimo de amor.

SÓ A BAILARINA É PERFEITA

Adoro ler biografias, não só pelo que aprendo com as experiências de pessoas notáveis, mas também para reiterar uma constatação que sempre me consola: problemas, todo mundo tem; não existem contos de fadas.

Uma das biografias mais interessantes que já li foi *Jane Fonda: minha vida até agora*. À primeira vista, quem não quer uma trajetória como a dela? Filha de um monstro sagrado do cinema, Henry Fonda, irmã do *Easy rider* Peter Fonda, belíssima, simplesmente a maravilhosa Barbarella e a heroína de *A noite dos desesperados*, vencedora de dois óscares, charmosamente alinhada com as causas de minorias e contrária à posição norte-americana na Guerra do Vietnã e esposa de homens belos e poderosos: do diretor de cinema francês Roger Vadim (que também foi casado com Brigitte Bardot e Catherine Deneuve), do senador americano Tom Hayden e do magnata da mídia Ted Turner. Para completar, mãe de dois filhos. O que mais uma mulher pode querer?

Pois ela nos relata que a realidade não é bem o que aparenta ser. Não quero estragar o prazer de quem ainda pretende ler o livro, mas ser filha de Henry Fonda não significa ser uma filha amada; ser mulher de homens belos e poderosos não quer dizer que ela tenha se sentido uma princesa dos contos de fadas; ser naturalmente linda não a livrou de ser bulímica. Jane escreveu o livro já com mais de 60 anos e demonstra o equilíbrio da maturidade, mas além disso declara que, apesar de tudo, quer mais da vida, ainda e sempre. Que mulher! Eu, que já a admirava, estou pronta a pedir minha carteirinha do fã-clube.

Além dos emocionantes relatos, fica a mensagem fundamental: se até com a Jane Fonda é assim, o que dirá comigo, uma simples mortal? Em suma, ajuda saber que todo mundo tem problemas, que não é exclusividade minha. Só a bailarina que não tem:

Procurando bem
Todo mundo tem pereba
Marca de bexiga ou vacina
E tem piriri, tem lombriga, tem ameba
Só a bailarina que não tem
E não tem coceira
Berruga nem frieira
Nem falta de maneira
Ela não tem
(...)
Só a bailarina que não tem
Sala sem mobília
Goteira na vasilha
Problema na família
Quem não tem
Procurando bem
Todo mundo tem...

Trechos da música "Ciranda da bailarina",
de Chico Buarque e Edu Lobo.

A COBRA E A LUA

Meu pai, que é feminista – mesmo sem saber –, contou-me sobre o ritual da cobra e da lua, que ele ouviu de sua avó, uma de suas heroínas. Acontecia no século XIX, mas imagino que poderia ocorrer a qualquer tempo, em grupos não inseridos no mundo urbano. Há uma história mais ou menos linear das civilizações, registrada pelo pensamento hegemônico, mas sempre houve quem vivesse nas franjas desse mundo, a repetir rituais cuja simbologia poderia estar presente entre os homens das cavernas, por serem intuitivamente universais e atemporais.

Em certo sentido, e apesar de descendentes de portugueses vanguardistas – os que atravessaram o mar para se aventurar no Novo Mundo –, as comunidades caipiras que se isolaram no interior paulista viviam num sistema em certos aspectos primitivo, quase isolado do urbano. Um mundo que se bastava, porque a vida acontecia ali por inteiro: o sentido era cultivar a terra para tirar dela o alimento e perpetuar nos muitos filhos esse conhecimento vital. Um eterno suceder de sóis nascentes a acordar para a labuta, e de luas a iluminar a noite e indicar, com suas fases, o passar do tempo.

O que fazer quando, inexplicavelmente, a lua estivesse ameaçada de ser engolida por uma enorme cobra celeste? Eclipses são explicados desde antes de Cristo e, no mundo secularizado, até as crianças sabem defini-los. Mas eram uma fascinante ameaça naquele mundinho de Deus. Os viventes ficariam sem aquela alumiação, um alento na escuridão da noite? Como guiar os passos pelas estradas escuras? Como saber quando nasceriam os bezerros e os bebês? Mas, acima de tudo, como viver sem aquela boniteza, o formoso feminino que imperava nos céus?

Pois quando as aguerridas mulheres percebiam a ameaça, juntavam-se na escuridão da noite, munidas de latas ou panelas – suas armas –, e nelas batiam com todo o vigor, produzindo um som ensurdecedor no silêncio, antes só quebrado pelos grilos e sapos.

A cobra temia aquele poder feminino, aquele furor metálico, e rapidamente se afastava, deixando em paz a lua, ainda mais soberana, cada vez mais brilhante. O mal tinha sido enfrentado e vencido, mas era preciso estar alerta, porque poderia voltar de tempos em tempos. Essas mulheres maravilhosas de então nunca deixaram que a cobra engolisse a lua, razão pela qual ela existe até hoje. Elas nos entregaram a lua intacta, bela como sempre foi. É nossa obrigação preservá-la também, espantando para longe o perigo da cobra devoradora de luz, para entregá-la incólume às meninas que crescem. Assim, mulheres do mundo, como diria Fernanda Abreu, vamos bater lata!

ATENA

Há um ditado que, tentando ser um tributo às mulheres, no fundo é um exemplo de machismo: "Por trás de um grande homem sempre há uma grande mulher". Primeiro, trata-se de herança de um tempo em que, salvo exceções, só os homens eram grandes, famosos, proeminentes. Hoje em dia, se ainda não há plena igualdade, caminhamos a passos largos para uma situação mais equilibrada. Segundo, não parece haver evidências sérias de que a regra seja válida, ou seja, de que efetivamente a maioria dos grandes homens tenha como retaguarda uma mulher especial.

No entanto, reconheço, sim, na alma feminina o espírito de abnegação necessário para ser eminência parda, ou a habilidade para planejar e agir com sabedoria nos bastidores, longe dos holofotes, atuando para que o final seja feliz ou, ao menos, o melhor possível. O arquétipo de Atena, deusa da mitologia grega, corresponde a esse espírito. Criada a partir da cabeça de Zeus, o deus dos deuses, Atena é sua filha predileta e simboliza o poder da interiorização e da racionalidade feminina, ao mesmo tempo que a capacidade de proteção – no caso, aos deuses gregos.

A interiorização e o planejamento aparecem como antíteses do ímpeto, da ação reativa imediata e agressiva. Refere-se à capacidade de pensar nos resultados perenes, de longo prazo, em detrimento da satisfação, do prazer e da glória imediatos. Um atributo que, convenhamos, é conveniente não apenas nas grandes decisões da vida, mas até nas situações mais triviais – até no trânsito. Talvez seja instantaneamente bom e extravasador achincalhar aquele motorista fdp que, quem sabe de propósito, entrou na frente do nosso carro, mas, com um mínimo de autocontrole, se conclui que é melhor deixar o energúmeno seguir em frente a se arriscar a um incidente com consequências imprevisíveis. Melhor ser da turma do deixa disso.

Atena é também a única deusa vestida de guerreira, com lança, escudo e capacete, e representada como sentinela ao lado de Zeus, ou dos heróis Aquiles e Odisseu. A proteção exercida por Atena é a tenacidade das leoas na defesa da prole. Significa a força e a obstinação na defesa de objetivos e da própria vida – mas sempre a partir da estratégia e do planejamento.

Atena é apenas um dos arquétipos femininos. Há outros, representados por várias deusas, inclusive as da própria mitologia grega, como Hera, uma das mulheres de Zeus, ciumenta e vingativa em relação às rivais e a seus filhos. Ou a bela Afrodite, que podia ao mesmo tempo ser sedutora, caprichosa e má. Atena, Hera e Afrodite nos apresentam uma cesta de traços dignos das novelas de Glória Perez – o que mostra que o passar do tempo muda muita coisa, mas tem preservado a essência do mapa emocional humano. Por outro lado, quem sabe o mundo contemporâneo, com seus ventos menos machistas, abra mais espaço para o espírito femininamente sábio e lutador de Atena.

TEMPO DE DESPERTAR

Meu pai foi relojoeiro por quarenta anos, num tempo de rubis e engrenagens minúsculas, um tempo de delicadeza. Nada a ver com os relógios de camelôs que imperam agora, tão falsos quanto eficientes – e, se não o forem, que diferença faz? Simplesmente os trocamos por outro modelo ainda mais preciso e mais barato. Voltando ao meu pai, para ele era quase um sonho lidar com aquelas pequenas máquinas, pois em sua infância a natureza era a marcadora das horas: a claridade e as aves cantando tinham a função de despertar, a escuridão e o cansaço físico convidavam ao sono. Sol a pino era o meio-dia, e a fome pontual determinava os horários de comer. Simples como isso, a vida prática no comando.

Talvez fosse por isso que minha mãe, também graduada pela natureza, tinha um estilo próprio de acordar a prole, quando a família já morava na cidade. Cada um dos oito filhos, jovens ou adolescentes, tinha um compromisso em horário específico pela manhã, mas ela resolvia o assunto com seu peculiar pragmatismo: se amanhecia, era hora de acordar. Assim, ela chamava todos no mesmo momento, enquanto anunciava a cada um, individualmente: fulano, sete horas, sicrano, sete e meia, beltrano, quinze para as oito, e assim por diante.

Também não me esqueço de que, naqueles dias, dependia vitalmente de minha mãe como "mulher do tempo". Sabendo que eu teria de passar o dia todo fora de casa, precisava me precaver contra as intempéries. A rotina se repetia: logo ao amanhecer, perguntava-lhe como seria o clima. Ela olhava pela janela, mirava o céu e dava o prognóstico: "Sol e calor pela manhã, mas à tarde esfria e chove". Pronto. Programava-me com agasalho e capa de chuva na pasta. Não me lembro se, na média, as previsões funcionavam; valiam mais o ritual e o pingo de segurança que a (suposta) previsibilidade me transmitia.

Meu pai também sempre teve seu método de previsão do tempo, mas é mais complicado, por ser mais "cientifico", bem ao estilo masculino. Como o Pateta sabe da chuva pela dor no dedão do pé, meu pai – e todos que nasceram no campo – sabe pelo comportamento do gado: se bois e vacas se deitarem no pasto formando um círculo perfeito, pode contar, vem chuva. Também era sabido que, se o rabo da lua estivesse virado para o rio, era tempestade na certa, mas esse achado não tinha o crédito do meu pai, que o considerava mera crendice.

Ao me mudar para a cidade grande, deixei de contar com a intuição climática que minha mãe me oferecia a cada manhã, nem tenho um pasto com gado à vista para saber se vai chover. Assim, tenho de me contentar com os institutos de meteorologia. Os resultados devem ser equivalentes, mas, mesmo eu, que não sou dada a saudosismos, devo reconhecer que tinha muito mais graça antes. De comum, a qualquer tempo, sob sol ou chuva, sempre, bom é despertar quando algum tipo de paixão nos espera para ser vivida.

A DOR INVISÍVEL

Dia desses uma amiga comentava comigo sobre seu desconforto por estar estressada, o que exigiu até licença médica do trabalho por alguns dias. Ela é uma dessas mulheres guerreiras, sempre em meio a batalhas, que não se permitem ser vencidas pelo cansaço. "Tantos anos de serviço", ela me dizia, "e nunca precisei disso. O pior é que não tenho uma 'doença visível' para justificar meu retiro, especialmente para mim mesma." Ou seja: a culpa pelo estresse agrava o próprio estresse.

Nos dias de hoje, especialmente nos grandes centros urbanos, experimentar a sensação de estresse é bastante comum. As frentes são muitas: trabalho, ascensão na carreira, casa, marido ou namorado, filhos, os próprios parentes, os parentes do marido. Em algum grau, dizem os especialistas, a tensão é até saudável, porque significa que a vida apresenta desafios a serem vencidos. É como se estivéssemos na pele de um artista de circo que consegue equilibrar muitos pratos rodando-os sobre varetas.

O prazer de conseguir a proeza é enorme, a adrenalina produz a satisfação que compensa o esforço, a consagração pelos aplausos referenda a conclusão de que a tensão valeu a pena. O problema é quando a situação começa a ficar fora de controle e a sensação deixa de ser agradável, passando a ser angustiante pelo desastre iminente, pela impotência diante de pratos que bamboleiam sobre as varetas, sem que consigamos ser rápidos o suficiente para fazer com que todos continuem girando. Pior ainda quando, sem poder retomar as rédeas da situação, os pratos começam a cair e a se espatifar de verdade, com a plateia avaliando, em suspense e silêncio, o (suposto) fracasso do artista. Muito difícil; às vezes, insuportável.

Quase sempre o grande carrasco é a autocrítica; o maior vilão está dentro do "fracassado". Presenciei situações com pessoas queridas nas quais, olhando de fora, não percebi fracasso real na situação, mas minhas palavras pouco serviam de consolo. Como um anoréxico esquelético se vê irrealisticamente gordo, mesmo que todos à sua volta apontem o equívoco, o perfeccionista se autoavalia de forma rigorosa, como quem não se permite uma falha sequer. Uma saída, nessas horas, é achar algo em nossos mecanismos físicos que justifique o problema. *Ah, o artista estava contundido, com dores no braço; por isso os pratos caíram.* Mais complicado é avaliar friamente se ele se impôs uma quantidade impossível de pratos para controlar ao mesmo tempo. Basicamente, estresse, em níveis negativos, é sensação de impotência e descontrole.

Em tempo: saindo de minha casa em direção à dela, após nossa conversa, minha amiga caiu da motocicleta e machucou-se. Seu rosto, braços e pernas ficaram com cortes e hematomas consideráveis, registros externos de sua dor, agora visível. Um transtorno a mais, é verdade; em compensação, surgiu uma justificativa forte para a sua sensação de fragilidade e para o repouso da guerreira.

A CASA E A RUA

No tempo das cavernas, os homens iam à caça, uma aventura perigosa, enquanto as mulheres cuidavam da prole. Na época das Cruzadas, os guerreiros partiam, excitados, para longas temporadas de lutas, sem saber se voltariam ou não, enquanto suas famílias permaneciam entre muralhas. Passados muitos séculos, ainda há uma linha de tensão entre os desejos masculinos e os femininos, eles a ansiar pelas aventuras do mundo, elas tentando mantê-los dentro de casa – mesmo que por razões bem mais triviais do que as gloriosas batalhas do passado: o bar com os amigos, o futebol do sábado à tarde, o curso *im-por-tan-tís-si-mo* para a carreira etc.

Como confidente de alguns homens, parentes ou amigos, já ouvi várias vezes o mesmo dilema: adoro a fulana, mas não quero me sentir prisioneiro. No papel de namorada ou esposa, também já me pilhei com um comprometimento com a ideia de família, mensurado pelo grau de dedicação a ela, bem maior que o do parceiro. Confesso que é quase inevitável a mulher sentir-se frustrada por não conseguir tornar a casa e a família um ímã suficientemente forte para desviar o olhar do outro das (muitas) atrações do mundo.

No papel de parceira, sinto-me decepcionada – principalmente comigo mesma. Mas, no papel de observadora/ouvinte, compreendo os homens. Eles são assim, ora. Por mais que homens e mulheres sejam hoje mais livres e parecidos quanto aos costumes, por mais que os homens agora sejam metrossexuais, ainda deverá permanecer a tensão entre ir e ficar, entre a casa e a rua. Paciência.

Embora seja apenas a reprodução, ainda sem crítica, do que ele percebe no mundo adulto, um episódio protagonizado por meu filho quando tinha cerca de 5 anos mostra como a questão continua presente. Como todos os amigos da classe, Mateus também tinha uma namorada, apenas uma brincadeira, é claro, porque namorar de verdade só com mais idade, repetem as cuidadosas professoras. Pois bem: como meu filho era maluco pelo Indiana Jones, escolheu ser arqueólogo quando crescesse. Numa conversa séria com um amigo da mesma idade, conseguiu convencê-lo a trocar a pretendida carreira de surfista pela de arqueólogo, de forma que ambos pudessem seguir juntos para excitantes aventuras. Com tudo já combinado, Mateus achou por bem avisar a "noiva" de que estava tudo acabado, ele não poderia mais se casar com ela quando adulto, porque iria viajar muito a trabalho, com o amigo.

Assim, simples, como provavelmente os homens adultos adorariam poder fazer em situações reais. A namorada foi genial ao dar de ombros, pragmaticamente (com certeza achou outro pretendente de imediato). Ocorre que no dia seguinte o amigo, pensando bem, voltou atrás na decisão, o surfe era mais interessante. Pois meu filho, ato contínuo, ligou para a casa da ex, explicou o caso e propôs reatar. Ele ainda terá muitos anos pela frente enfrentando minhas doutrinações, de forma que a "casa" talvez possa merecer dele, no futuro, um pouco mais de importância – embora eu ache que sempre pode aparecer uma astuta Indiana Jones de saias que faça do mundo a sua casa...

OS BONS COMPANHEIROS

Cresci em meio a seis irmãos do sexo masculino e essa experiência permitiu-me aprender alguma coisa sobre o funcionamento dos homens. Nunca me boicotavam; ao contrário, sempre pude participar das brincadeiras deles: jogava futebol, andava com seus carrinhos de rolimã, jogava bolinha de gude etc. Em troca, às vezes concordavam em brincar de casinha comigo, mas o faziam por pura gentileza, ansiando para que a tortura acabasse logo. Mal conseguiam esconder o total desinteresse pelas encenações com minhas bonecas. Era óbvio que, enquanto eu viajava no faz de conta do jogo mãe-marido-filhos, eles não viam graça alguma naquilo. Não raro, eu desistia daqueles atores canastrões e pedia à minha mãe – que tinha casa, marido e filhos de verdade para cuidar – para interromper sua labuta, que não era pouca, para interagir comigo de forma mais convincente.

O bom dessa convivência era que – fora esses meus momentos de recaída "feminina" – consideravam-me um deles, só que de saias, porque meu pai somente me permitia usar vestidos, nunca calças ou bermudas, o que obrigava minha mãe a me lembrar a todo instante que eu era uma menina e precisava sentar direito. Exceto por poucos arranca-rabos (o que era surpreendente para um grupo com muitos garotos), havia uma camaradagem masculina da qual eu aprendi a gostar. Crescemos, e eu permaneci um membro da turma, sendo convidada para todos os programas deles, os encontros no bar, as pescarias (às quais nunca fui), os bate-bolas informais nos fins de semana. Até aqueles insuportáveis debates sobre futebol na TV eu assistia com eles, animada, emitindo decisivos pareceres sobre se o juiz estava certo ou errado ao anular o gol. Pensando bem, talvez existissem alguns programas "de homem" para os quais eu não era convidada... mas estão perdoados, porque nunca foram como certos irmãos chatos que se acham no direito de tomar conta da irmã.

Foi assim que percebi, na prática, como é bom ser parte dessa confraria masculina, cheia de camaradagem e diversão. E pude sentir, ao mesmo tempo, como somos diferentes! Eu queria discutir a relação já nas brincadeiras de casinha. Eles queriam discutir quem era o melhor, Pelé ou Maradona. É surpreendente que os grandes filósofos sejam homens, porque mulher já nasce filosofando, querendo trocar ideias sobre os relacionamentos, o amor, a amizade, os intensos sentimentos humanos.

Como conclusão dessa convivência, registrei a sensação – quem sabe, injusta – de que as mulheres se abrem mais sobre suas questões íntimas, enquanto os homens preferem cultivar uma adorável – e superficial – camaradagem. Eu me viro ao avesso com minhas amigas do peito, ou na psicoterapia, que procurei tão logo pude pagar pelas sessões com meu próprio rendimento. Acho o máximo poder discutir a relação comigo mesma, e ainda sob orientação de um profissional. Por ter gostado tanto da experiência, sugeri ao meu primeiro marido que também procurasse um profissional, e permaneci insistindo, democraticamente, até que ele foi vencido pelo cansaço (fiz o mesmo, mais tarde, com meu segundo parceiro).

Sempre soube respeitar a privacidade do outro e nunca fiz perguntas sobre o que acontecia nas sessões – apesar de quase me roer de curiosidade. Às vezes, espontaneamente, ele deixava escapar alguma informação, que eu sorvia como migalha jogada a um cão faminto. Numa dessas ocasiões, ele chegou em casa, após a terapia, e me mostrou uma caneta diferente, antiga e muito bonita. Elogiei e perguntei onde havia comprado. Ele me respondeu que não havia comprado, apenas havia trocado de caneta com o terapeuta pelo prazo de uma semana. Minha porção autoritária fez meu sangue ferver e exclamei, indiferente ao fato de que provavelmente aquela troca fazia parte da própria dinâmica terapêutica: "Então é isso que vocês ficam fazendo na sessão?". Um desastre de comentário, do qual me envergonhei, mas simplesmente escapou das grades do meu autocontrole. Obviamente há formas e formas de se evocar as profundezas da emoção – inclusive uma caneta antiga, por que não? Aliás, meu lapso de descontrole é que merecia uma sessão: provavelmente a tal caneta mostrou-me que eu tento, desde criança – sem sucesso –, fazer com que os homens do meu círculo discutam relações. Bobagem. Melhor desfrutar as delícias de tê-los como bons companheiros.

O QUE QUER UMA MULHER?

Depois de tantos séculos, durante os quais as religiões fundamentavam tudo, a biologia darwiniana apareceu como operação de catarata, permitindo enxergar e assim explicar a obsessão humana (ou, genericamente, animal e vegetal) pelo moto-contínuo da reprodução. Na verdade, a divina ordem, crescei e multiplicai-vos, havia corroborado uma inevitável predisposição natural.

Já em relação a como cumprir tal determinação, religiões e culturas apresentaram diferentes soluções para acomodar ou tentar conter tendências biológicas. De forma estereotipada, o ímpeto natural masculino busca a eficiência quantitativa, pela fecundação do maior número possível de fêmeas, ampliando assim sua descendência – e sua continuidade/imortalidade. A tendência natural feminina seria para a qualidade, para a seleção e a manutenção da parceria, em caráter de exclusividade, com o macho mais forte e poderoso que pudesse lhe trazer filhos saudáveis, proteção e sustento. Obviamente, aqui temos um impasse natural, que nos remete – ainda nos dias de hoje –

à imagem do marido galinha, em contraponto à da esposa possessiva, ou à anedótica constatação do desinteresse sexual do homem por sua própria parceira após a sedução inicial. No mundo da natureza, o homem das cavernas resolvia o assunto naturalmente, pela lei do mais forte, e pronto.

Quando avançamos para os tempos ditos civilizados, foi preciso orientar tais ímpetos naturais. A igreja católica e culturas derivadas optaram pela monogamia – o que pode nos levar a deduzir que Deus é feminista, tendo ajudado as mulheres em sua luta pela posse exclusiva, ao classificar como pecaminosa a tendência masculina à multiplicidade. Tal regra não impediu a existência da outra, ou outras – mas sempre a partir de algum arranjo oculto, orientado pela hipocrisia e pela culpa, sob o manto onipresente do machismo.

Outras religiões e culturas optaram por uma adaptação das tendências biológicas naturais, criando regras pelas quais um homem pode se unir a várias mulheres simultaneamente, em geral tantas quantas consiga sustentar. Nesses casos, o machismo fica ainda mais acobertado e justificado.

No mundo laico moderno, os questionamentos dos antigos paradigmas foram lastreados, cada vez mais intensamente, por descobertas científicas e ajudados, no plano do comportamento social, por métodos anticoncepcionais crescentemente eficientes, de forma que, se houvesse uma revisão da determinação divina, talvez o crescei e multiplicai-vos pudesse ser pragmaticamente substituído por " mantei-vos, ao menos".

Mas, é claro, não se reprograma um *software* genético ancestral de uma hora para outra e essa situação de dissonância entre os desejos do corpo e da mente podem gerar situações estressantes. Antes, na prática, as mulheres tinham durante sua vida fértil uma quantidade muito menor de períodos menstruais, visto que, em geral, emendavam uma gravidez na seguinte. Portanto, tinham também menos ocasiões de TPM. Hoje, o metabolismo feminino continua com seu ritual, religiosamente, dentro de sua vocação biológica mais importante, mas seu objetivo é frustrado quase todo mês. Um estereótipo que é parte de nosso anedotário mostra o marido vítima da incompreensível irritação da mulher na TPM. Talvez tal comportamento, embora não deliberado, não seja tão inexplicável assim no plano inconsciente: o corpo passou por alterações hormonais, preparou-se para o grande momento da fecundação e aquele incompetente ao lado não foi capaz de cumprir sua missão?

Nessa atual fase de transição, não temos mais certeza de nossa vocação biológica. Para as mais arrojadas e independentes, quando bate o desejo da maternidade, há até a opção de escolher um anônimo espermatozoide para atendê-la e depois desafiar a ordem, criando e sustentando sozinha esse filho. Sorte de Freud não ser contemporâneo dessas nossas dissonâncias e incongruências: se ele disse não saber o que quer uma mulher quando elas ainda estavam inseridas de corpo e alma na antiga lógica da reprodução, imagine agora!

CINEMA PARADISO

Às vezes, pilho-me com saudades do cinema mudo. Saudades postiças, é claro, porque não sou tão antiga a ponto de ter vivenciado a época. Só pode ser pura idealização romântica sobre a precariedade das cenas ingênuas, ao som dos acordes produzidos por um pianista ao vivo. Quem hoje abriria mão dos maravilhosos efeitos especiais dos filmes modernos? E do sistema *surround sound*? Ou das (ainda raras, mas no futuro comuns) salas de cinema que permitem as sensações dos filmes, com cadeiras que chacoalham durante cenas de terremotos, água espirrando nos espectadores em maremotos, óculos para imagens em terceira dimensão etc?

Meu pai, que nunca foi ao cinema, conta o causo dos nossos dois primos da roça que vieram à cidade para ver um filme pela primeira vez, lá pelos anos de 1950. Tratava-se, obviamente, de um faroeste de quinta categoria, as sobras que eram exibidas nas modestas salas interioranas. Vencidas as dificuldades iniciais de quem não está acostumado aos procedimentos da gente da cidade – entrar em fila, pagar, receber um papelzinho que deve ser entregue ao moço que controla a entrada –, nossos dois heróis sentaram-se, como todos, e aguardaram, adrenalina a mil. Os olhos arregalados abriram-se ainda mais quando as luzes se apagaram, como que para tentar diminuir a insegurança.

Então, iniciou-se um milagre: pessoas moviam-se num pano grande da parede! E falavam! Até cavalos, mais bonitos que os do sítio (cavalo de gente rica é outra coisa), faziam parte do tropel. Mal refeitos do susto e do encantamento pela novidade, os compadres viram homens de chapéus e caras de maus da tela, sem mais nem menos, sacarem armas e começarem um tiroteio. Os dois nem precisaram combinar: saltaram ao mesmo tempo das cadeiras e correram, mais rápidos que as balas que zuniam na tela, para se proteger fora da sala. Ali encontraram o porteiro, que não entendeu o que havia acontecido para que os dois espectadores estivessem tão assustados. Quando as batidas do coração acalmaram um pouco, os compadres notaram que só eles haviam se evadido e se envergonharam da covardia, mas sabiam, pelo barulho, que a confusão ainda não havia acabado. Um deles, mais corajoso, espiou para dentro da sala, cauteloso como quem caça codornas, e avisou: "Primo, vamo entrá que a coisa acarmô lá drento". Sentaram-se de novo, mas foi por pouco tempo. Dali a uns quinze minutos, os encrenqueiros da tela reiniciaram a briga e, dessa vez, com mais valentões atirando, uma verdadeira guerra. A corrida dos nossos primos já foi diretamente para o meio da rua, por precaução. Foi muita emoção para contar aos parentes da roça, mas nunca mais os dois se envolveram com coisa tão perigosa. Meu pai diz que não gosta de assistir a filmes, mas quem sabe também se trata de alguma prevenção, por conta das aventuras dos primos...

Na minha infância, os mesmos velhos faroestes eram reprisados, além de alguns Mazzaropis. Nada ao gosto de uma menina sonhadora, mas era o que tinha, e cinema, com uns trocados extras para uma pipoca, era uma atração e tanto. Nem as pulgas, reais ou imaginárias (tanto fazia, a coceira era igual), atrapalhavam o prazer do programa. Ali também vi os primeiros filmes de arte, já na adolescência. Aliás, filmes com mais arte, como viria a descobrir depois, ao rever alguns deles: às vezes simplesmente os rolos eram trocados pelo operador desatento – o final no meio, o início ao final –, o que tornava surreal mesmo o que não fosse Buñuel.

Por isso, a imagem e a sensação, registradas no passado e que voltam sempre, sem a necessidade de nenhum equipamento para efeitos especiais, são de encantamento pelo conjunto: cinema, filme, pipoca. Nada é mais inocente e gostoso do que namorar no cinema, só mãos dadas e selinhos, para não profanar o templo. Nada é mais prazeroso do que encontrar Totó e Alfredo, numa cidadezinha da Sicília que eu conheço, sem nunca ter estado lá, pela simples magia criada por Giuseppe Tornatore.

PAGU

Um símbolo claro dos meus temores, recorrente em meus pesadelos infantis, eram os cães grandes e ferozes. Certamente se tratava de uma adaptação do parente canino famoso em lendas e contos de fadas, o lobo mau. As noites em que um deles aparecia eram sempre tenebrosas, com ameaçadoras imagens de bocas vorazes e dentes afiados, das quais eu tentava desesperadamente fugir. Acordar era um amargo alívio, porque sabia que tinha me livrado apenas temporariamente do terror. Eu não o havia vencido, apenas fugido. Em outra noite, outro pesadelo, ele voltaria para me intimidar. As imagens eram tão vivas que me impunham um distanciamento dos cães reais, especialmente dos maiores, que me faziam lembrar de meus algozes noturnos.

Consegui sobreviver ao lobo mau na infância e na adolescência, fugindo dele pelas florestas, mas sem coragem para enfrentá-lo. Pudera, enquanto Chapeuzinho Vermelho tinha sido salva pelo caçador, no meu caso não aparecia ninguém para ajudar. Foi já na vida adulta, após passar por alguns altos e baixos, que comecei a desconfiar que as feras talvez pudessem ser domesticadas. Foi um processo muito lento, mas os monstros, surpreendentemente, foram se transformando em animais de total docilidade. A sensação melhorou muito, porque os tais pesadelos acabaram, mas o terror deu lugar a um incômodo extremo, porque os cães-lobos, apesar de afáveis, queriam estar comigo o tempo todo, sem trégua. A luta, agora, era para esconder-me deles, livrar-me de sua presença, não pelo temor de que me destruíssem, mas pelo enorme desconforto de ter uma sombra permanente.

Não foi um caçador, mas Pagu, minha heroína de verdade, quem finalmente conseguiu livrar-me de todos, carrascos e seguidores servis. Minha família havia criado cachorros antes, mas nenhum havia sido meu, só meu. Quando ela chegou, pequenininha, escolhi seu nome como homenagem a Patrícia Galvão, a vanguardista e incendiária musa do modernismo, que foi casada com Oswald de Andrade. Lendo os escritos de Patrícia, reunidos em *Paixão Pagu*, confirmei que havia acertado em cheio: apesar da coragem política que se tornou a marca de uma personagem especial, Pagu revelou que viveu crises e angústias, como uma mulher comum.

A minha Pagu também é capaz de muitas proezas: quando engravidei, imaginou-se prenha – suponho que em solidariedade –, com sintomas reais (e foi seu nome que meu filho aprendeu a falar primeiro, antes mesmo de dizer mamãe); tem atitudes de altruísmo em relação ao seu próprio filhote, um cão já enorme e adulto, que eu não julgava possíveis entre bichos. Mas, mais que tudo, Pagu consolidou minha amizade com a espécie e espantou de vez meus antigos fantasmas. Com a ajuda dela, eu talvez consiga agora correr com os lobos, e não mais deles.

ECONOMIA ODONTOLÓGICA

Dentre as várias profissões que meu filho de 10 anos planeja ter simultaneamente – de veterinário a metaleiro *heavy metal* –, está a de economista. Recentemente ele concluiu ser muito importante saber lidar com finanças. Talvez no caso dele seja apenas o aprimoramento de um talento natural, que tem se revelado desde sempre, inclusive no relacionamento que teve, quando menor, com a Fada do Dente.

Quando caiu seu primeiro dentinho – Mateus tinha cerca de 6 anos –, achei que essa fantasia, entre outras das quais as crianças tanto gostam, seria lúdica para ele (e – por que não confessar? – para mim também). A Fada do Dente lá de casa era moderna e muito ocupada, razão pela qual sempre que levava o dentinho deixava dinheiro em vez de outro presente. Além disso, ela deixava uma cartinha escrita em letra de forma – provavelmente para não ser confundida com a da mãe da criança –, que passou a ser respondida quando o Mateus começou a dominar minimamente a escrita.

Recentemente revi o material, dentinhos e cartas, e me diverti muito. Na primeira carta, a Fada justificou: "Como você já ganhou muitos presentes em seu aniversário, resolvi te dar dinheiro para você guardar ou comprar o que você não tenha ainda". Numa das cartas seguintes do Mateus à Fada, há o relato preocupado de um acidente, após uma rápida introdução na qual ele diz que está com saudades: "Fada vamos ao que interesa eu arranquei um dente e deichei no banheiro a Elisa tirou é a impregada nova se quer saber voutando ao asunto eu nao acho vosê pegou?" (sic). A Fada, bem mais enfronhada no português que o seu pequeno "cliente", respondeu que sim, havia encontrado o dente e, como estava bem tratado e escovado, deixava o presente em dinheiro.

Noutra cartinha, Mateus mostra seu bom coração, pedindo à Fada que não se esqueça de passar pela casa da amiga dele, a Thalita, que havia se mudado para a Paraíba. A Fada respondeu que não se preocupasse, pois no Reino das Fadas havia um departamento encarregado das crianças da região Nordeste. Mas a troca de correspondência mais reveladora da globalização dos nossos tempos referiu-se a um pedido do Mateus de um presente especial por ter tomado a iniciativa de tirar, ele próprio, o dente que estava mole. A Fada respondeu: "Concordo que você merece, mas, veja, há uma crise econômica mundial, e o mundo das Fadas do Dente também é afetado. Temos de distribuir nossa verba para meninos e meninas de todo o planeta".

Com cerca de 8 anos, Mateus já sabia que havia uma estranha coincidência entre as ideias da mãe e as da Fada. Acabar com o teatro significaria interromper um arranjo interessante, e ele me propôs continuarmos com a parte adulta da história: o pagamento a cada dente que se vai. E assim tem sido. Mas o mundo gira, tudo evolui, e o Mateus percebeu as regras da economia. Tanto que na semana passada veio, com aquela cara de sedutor, fazer-me uma proposta: "Tenho X dentes que vão cair nos próximos anos. Você poderia me fazer um adiantamento?". Como coração de mãe não é igual ao de banqueiro, concordei sem contrapropor o cálculo do valor presente do adiantamento, com desconto da inflação estimada no período. Como se não bastasse a exploração do pequeno economista, ouvi o irmão já adulto dar uma ideia digna de Brasília: "Você pode comprar dentes da nossa dentista por 10% do valor que a mãe paga. Distraída como ela é, você pode conseguir o pagamento por umas três dentições completas...".

ELE SIMPLESMENTE NÃO ESTÁ (MAIS) A FIM DE VOCÊ

Sou de uma credulidade a toda prova, como se vivesse num mundo à parte, o que só reconheci na maturidade; mas, olhando em retrospectiva, vejo que se trata de traço arraigado, presente desde a minha infância. Talvez por pura autodefesa, minha conclusão particular é de que é melhor ser assim. Digo e repito que não vale a pena viver sem confiar. Junte-se a esse quadro uma consequente incapacidade de reconhecer sinais à minha volta e está feita a confusão. Sofro de uma espécie de astigmatismo emocional e minha grande habilidade de enxergar dinâmicas a distância simplesmente não funciona quando estou muito envolvida. Nesses casos, não enxergo um palmo à frente do meu nariz. Portanto, ao menos comigo, é melhor não emitir sinais, mas ir direto ao ponto, explicitando as mensagens com todas as letras.

Por ser assim, compliquei ainda mais momentos que normalmente já seriam difíceis – embora hoje essas cenas pareçam-me divertidas. Talvez até rendessem episódios daqueles seriados norte-americanos sobre mulheres urbanas, em tese, maduras e resolvidas. Uma dessas cenas ocorreu no único "pé na bunda" sério que já levei. A longa relação já estava, de fato, acabada, o que minha cegueira me impedia de ver. Como percebi depois – engenheira de obra feita –, os sinais eram claros. No entanto, para os nossos registros internos, encerrar uma relação significa fracasso, e a gente evita admitir o fracasso como o diabo foge da cruz. Pura bobagem, como eu viria a entender depois: o fim de uma relação é o fim de uma relação. Ponto. É triste, mas não deveria ser o fim do mundo, como a gente acha na hora, porque aprendemos a ver assim o assunto, em vez de concebê-lo como um ciclo possível e necessário na vida.

Pois bem, voltando ao meu pé na bunda: ele tentou me dizer, por sinais e metáforas, em vez de um simples *time is over*. Por fim, num inesquecível diálogo, ele explicitou o clichê: "Você é uma mulher maravilhosa, muito mais do que eu mereço. Um dia você vai encontrar alguém à sua altura." A tradução, que eu deveria ter entendido na hora: "Encontrei uma outra mulher, pior que você, a que eu mereço (e quero). Fui". Minha idílica interpretação foi: "Finalmente ele está vencendo seu egoísmo e tentando tornar-se uma pessoa melhor, que pensa no outro (no caso, em mim)". Claro que, dada a minha (equivocada) conclusão, anos de desgaste foram abafados e o efeito foi o oposto: apaixonei-me de novo. Assim, prossegui em meu delírio e decidi que ele nem precisaria me pedir, porque eu lhe daria a chance de me merecer (lógico que poderia, se quisesse, tornar-se, ele próprio, o homem à minha altura).

Que situação! Obviamente a verdade foi escancarada pouco tempo depois, e o sofrimento não foi pouco, mas agora, a distância, posso me dar ao luxo de divertir-me com o nonsense. Hoje em dia, há até livros de autoajuda para nos auxiliar a entender os tais sinais, quando um homem quer dar o fora. Passei a usar lentes para tentar enxergar melhor as coisas, a lidar minimamente com a minha paranoia às avessas, essa falta de desconfiômetro que me faz viver no mundo da lua, tornando-me um pouco autista em pleno tiroteio na Terra.

Até que estou indo bem – embora, às vezes, tenha recaídas feias. Outro dia, por exemplo, caminhava pela rua quando um rapaz parou sua moto perto de mim e me disse (em minha lembrança, com voz doce): "Moça, vou roubar você". Claro, não dei bola e continuei andando, porque sou durona, mas confesso que fez bem ao ego, já cinquentona, ser chamada de moça e, mais ainda, a ameaça de ser raptada. Passado um tempo, eu já segura dentro do escritório, a ficha caiu: "Putz, talvez eu estivesse na iminência de ser assaltada!". Seja como for, meu comportamento deve ter funcionado: o pobre assaltante deve ter imaginado que não valia a pena, seria muito arriscado enfrentar uma lunática.

TICA-TICA NO FUBÁ

No meu sítio moram muitos tico-ticos, entre outros pássaros. Obviamente soltos, como todos no mundo deveriam estar. No gramado, sempre se desenrola uma cena que chama a atenção: um tico-tico fêmea, que vamos chamar de tica-tica, para facilitar, é muitas vezes seguida por um saltitante e barulhento pássaro-preto. É um pouco ridículo, mas são mãe e filho adotivo, sendo que o filhote tem quase o dobro do tamanho dela. Trata-se de um daqueles casos de "encosto": quando encontra um ninho de tica-tica, a chupim fêmea põe ali seus ovos, em vez de chocá-los ela própria. A tica-tica cuida de tudo, dos seus ovos e dos da intrusa. Os filhotes de chupim são maiores e mais demandadores que os próprios da tica-tica, piando escandalosa e incansavelmente atrás da mãe. Esta, por sua nobreza ou miopia maternal, atende aos que reclamam mais, provando que "quem não chora não mama". Muitas vezes os verdadeiros filhotes da tica-tica não sobrevivem.

Cada vez que explico a cena para algum visitante, a reação comum é de indignação. Ninguém se conforma com a suposta exploração da tica-tica pela família de chupins. Alguns têm ímpetos de fazer justiça com as próprias mãos, querendo separar mãe e "filho", ou até, para cortar o mal pela raiz, procurar ninhos de tica-tica para deles tirar ovos de chupim. Não permito, é claro.

Argumento, em primeiro lugar, que não temos nada a ver com o arranjo. É problema deles, e só deles. Aliás, nem sabemos se faz diferença para a tica-tica cuidar só de seus filhotes ou dos adotados; ela está simplesmente cumprindo sua sina maternal. Sei que é um exercício de não intervenção, a tentação autoritária é forte, mas temos de vencê-la. Além disso, seria fácil intervir em espécie tão mais frágil, mas por que não temos a mesma coragem quando se trata de situações entre nós, humanos? Por exemplo, por que não protestamos, com mais veemência do que o fazemos, contra os "mensaleiros" ou os "sanguessugas" do mundo político?

Depois, lembro aos meus indignados amigos como nós mesmos entramos em dinâmicas similares às da tica-tica com o chupim. Eu sei que o faço, e não sou a única. Vivo entrando em arranjos nos quais me torno a protetora e o outro, o protegido/dependente. É minha propensão natural, mas desmascaro-me reconhecendo que conta o fato de o protetor ganhar prestígio e poder nesse tipo de relação. A tica-tica poderia, se fosse o caso, não aceitar a exploração – como nós poderíamos, inclusive para não infantilizar o outro, recusar relacionamentos simbióticos desiguais.

Para os que ainda persistem na intenção intervencionista, ameaço: posso construir uma acusação de racismo contra o pobre chupim, um pássaro de cor negra. Finalmente, se nada mais adiantar, apelo: o sítio é meu, a tica-tica explorada é minha e o chupim explorador é dela. E ninguém tasca.

A SOGRA DE MARTHA

Freud observou que não há sentimento mais intenso que o da mãe pelo filho. Nem precisava de alguém com a autoridade dele para dizer isso – embora eu mesma, na juventude, imaginando que tinha a obrigação cristã de amar a todos igualmente, morresse de vergonha de admitir o *status* totalmente diferenciado de meu amor por meu filho. Hoje, na maturidade, confirmei com um segundo filho que eles são, sim, especiais, e nada nem ninguém é páreo para eles na disputa pelo meu amor.

O amor maternal é imenso e às vezes o ciúme também. Daí é fácil entender o estereótipo da sogra, aquela megera que inferniza a vida da nora, interferindo no relacionamento entre o puro e ingênuo filho e a lambisgoia que conseguiu ludibriá-lo, seduzindo-o para o casamento. Talvez as sogras realmente sejam piores, mas vejo como alguns pais também podem ser possessivos em relação a suas filhas.

Não conheço registros sobre o tema, mas provavelmente uma nora que pode ter sentido isso na pele foi a própria mulher de Freud, Martha Bernays. Consta que a mãe de Freud,

Amalie, era uma matrona dominadora e autoritária, uma verdadeira mala sem alça, em torno da qual girava a família, incluindo os oito filhos. Era cheia de vontades e manias e sua preferência escancarada era pelo filho mais velho, que viria a se tornar uma das maiores referências intelectuais dos últimos séculos. Aliás, como também concluiu o próprio Freud, o filho que tem a preferência de sua mãe pode tudo. Claro que ele pagou caro por ser o predileto, tornando-se prisioneiro da dependência da mãe, e mantinha a preocupação obsessiva de não morrer antes dela, para não lhe causar sofrimento – e olhe que ela se foi com 96 anos! Nada sabemos sobre a relação de Amalie com a nora, mas o quadro teria tudo para ser belicoso, a menos que Martha tivesse grandes talentos diplomáticos. Parece que os tinha mesmo, a crer nas más línguas (dos biógrafos de Carl Jung), que insinuaram uma convivência bastante estreita entre Freud e a irmã de Martha, Minna, em tese, com a aprovação da oficial (Martha).

Pois foi essa predileção de mãe que mudou completamente – para melhor – a imagem que eu tinha de minha avó paterna. Sempre tive admiração por ela ser uma mulher trabalhadora e um exemplo de correção e generosidade, mas confundia seu recato e discrição extrema, características das modestas mulheres do campo de antigamente, com falta de afetividade. Só recentemente soube, por relatos, de sua paixão por meu pai, seu filho mais velho. É difícil para mim imaginar a cena em família, que, embora de uma cordialidade ímpar no trato, era tão pouco afeita a demonstrações emotivas: dizem que ela chorou pelos quatro cantos da casa, em inédito volume, quando meu pai se mudou, por causa de seu casamento com minha mãe. Da parte dele também houve a preocupação de prepará-la para a separação. O que eu achava ser uma montanha, majestosa, mas distante, era de fato um vulcão adormecido, mas contendo lava incandescente. Só mesmo um filho especial para provocar tal erupção.

O papel dos intrusos, noras e genros, não é fácil. Talvez a melhor atitude nessas dinâmicas seja mesmo a suposta diplomacia de Martha Bernays, de forma a evitar o jogo do triângulo passional, para driblar a disputa pelo objeto comum do desejo. Assim, quando o marido insinuar que comida boa é a da mãe dele, quem sabe a melhor reação seja mesmo concordar – aproveitando para dormir até tarde no domingo e filar a boia na casa da sogra perfeita.

ÉDIPO CAIPIRA

Dia desses presenciei uma espécie de conflito secular. Em uma roda de prosa, mulheres mais idosas contaram o que era sabido antigamente na zona rural, ou seja, o risco que corriam as recém-paridas e seus bebês: as cobras ficavam à espreita e, à noite, quando a mãe dormia ao lado do filho, uma delas sugava o seio da mãe, enquanto oferecia à criança o guizo do seu rabo. Alguns bebês, insuficientemente alimentados, porque recebiam pouco leite e eram enganados pela cauda da serpente em lugar da mama, definhavam e morriam. Certas mulheres juram ter despertado a tempo de pilhar a cobra já ereta, em silenciosa tentativa de aproximação. Outras, ainda que não tendo experimentado pessoalmente o pesadelo, têm vivos os relatos de suas mães ou outras parentas.

As mulheres mais jovens do grupo reagiam, a seu modo, ao que julgavam absurdo: como uma cobra poderia passar despercebida à mãe e, mais, como poderia o réptil ser esperto a ponto de combinar o furto do leite à ardilosa ação de ludibriar o pobre bebê?

Estabelecida a polêmica, lembrei-me na hora de certas celeumas surreais que se estabelecem em âmbito global. Uma delas é a guerra entre criacionistas, que defendem a interpretação literal dos mitos religiosos (incluindo a criação divina do mundo a partir de Adão e Eva), e evolucionistas, que entram no debate munidos de argumentos racionais, como se houvesse um lado que vencerá ao final. Trata-se de uma guerra sem fundamento e fadada a não ter vencedores. Mitos, inclusive os religiosos, não são construídos para serem provados como fatos históricos. Sua função é apresentar os conflitos interiores de forma metafórica, fornecendo ainda orientações no plano simbólico, que ajudam as pessoas a reduzir sua ansiedade diante de nossa finitude e de nossa desimportância cósmica. Na prática, é quase impossível para um ocidental minimamente informado não ser darwinista na questão acima, mas isso não significa que os argumentos científicos devam ser usados nessa peleja. O mundo fático e o mítico são instâncias paralelas – e não se encontram –, portanto não podem se digladiar.

Voltando à nossa provinciana "cobra sugadora de leite": se o relato é tão comum no campo e se sobreviveu a gerações por meio da transmissão oral de mães para filhas, é porque guarda alguma verdade mitológica importante. Quem sabe o animal fálico simboliza, nesse caso, o jogo que se estabelece na triangulação familiar com a chegada do bebê: um terceiro elemento se interpõe na relação antes a dois, e a mulher passa a ser prioritariamente provedora do leite e dos cuidados que um filho exige; se ela se desviar dessa quase-obsessão, deixando-se distrair pela competitiva sedução do masculino, em algum grau põe em risco sua própria cria.

Tanto faz se algum dia, em algum caso específico, a cena da cobra sugando o leite e ludibriando a criança tenha se desenrolado num palco real – por mais inacreditável que isso seja. Importa o que ela representa e a mensagem que, simbolicamente, transmitiu ou ainda transmite – embora de forma cada vez mais rara, porque nós, mulheres modernas, não sabemos mais aceitar e entender a linguagem dos mitos.

AGUIRRE, A CÓLERA DOS DEUSES

Freud e tantos outros inovaram ao analisar e classificar nossas mazelas psíquicas e ao criar métodos terapêuticos, mas sabiam e sabem das limitações do divã. Em compensação, às vezes a própria vida nos brinda com terapias didáticas, ao vivo e em cores. Eu, por exemplo, talvez fosse uma séria candidata a cultivar traços obsessivos-compulsivos – o famoso TOC –, não fosse a sorte de ter crescido numa família de hábitos anárquicos, inadministráveis. Se existisse um transtorno oposto, uma necessidade compulsiva de desordem e bagunça, uma espécie de TOC do Caos (TOCC), minha casa na infância seria um belo exemplo.

Éramos oito crianças ou jovens capitaneados pelo espírito alegre e imperturbável de nossa mãe que, diferentemente do padrão, não se exasperava com a falta de ordem. Ao contrário, nesse reino ela imperava absoluta. É verdade que havia um elemento onipresente, o olhar paterno, fonte dos necessários limites, mas tal olhar pairava nos contornos, não no âmago da casa. Nesse cenário, eu, menina magricela e sem noção, tentava impor regras. Arrumava, classificava, selecionava, jogava fora o que achava supérfluo. Em certos dias, nos quais meu ímpeto de mudança estava particularmente aguçado, lembro-me de minha mãe com um raro ar de preocupação, certamente pelo cálculo de quantos objetos, na avaliação dela ainda novos e úteis, iriam para a lata do lixo (alguns dos quais ela conseguia salvar e seriam alvo de futuro ataque). Tudo com pouco ou nenhum resultado. Em minutos, as coisas voltavam ao normal – se é que aquilo era normal.

Olhando em retrospectiva, essas cenas lembram-me de filmes de Werner Herzog – só que numa versão cômica e nada épica. Em *Aguirre*, uma expedição espanhola se embrenha na floresta amazônica, em 1561, em busca da cidade feita de ouro, o El Dorado. O ambicioso oficial Lope de Aguirre lidera o grupo numa desvairada jornada suicida, tudo em nome de seu delírio obsessivo por riqueza e poder. Em *Fitzcarraldo*, o sonho megalomaníaco do personagem-título é a construção de um enorme teatro em plena selva amazônica, no meio do nada (ou do tudo?). Analogamente, em meu modesto cenário caseiro, queria ter o poder de impor o meu estilo, a minha obsessão, e isso significava vencer a casa, como Aguirre e Fitzcarraldo queriam obsessivamente vencer os insuperáveis desafios da floresta imperiosa. A imagem de minha busca pela ordem lembra-me a deles, mas a selva permanecia imperturbável, magnânima, voltando a espalhar seus galhos e a crescer ruidosamente sobre qualquer tentativa de intervenção. Todos falham, exceto a floresta.

Mas – e sempre há um mas –, em compensação, talvez essa floresta tenha me livrado de megalomanias. Não de sonhos, que são essenciais, desde que sejam do tamanho adequado. Além disso, mesmo preservando o descontentamento em relação à imperfeição do mundo (à minha própria, em especial), é importante, em nome da sobrevivência, aprender a aceitar o caos.

BRINCAR DE DEUS

A biografia de Jacob Levy Moreno, o romeno criador do psicodrama (a psicoterapia por meio de dramatização), inclui um significativo episódio de sua infância: Moreno encarnava o papel de Deus, enquanto os amiguinhos compunham seu séquito de anjos. O trono divino era um desafio à lei da gravidade: uma cadeira apoiada sobre uma pilha de caixotes em cima de uma mesa. Para completar, um dos anjos pediu a Deus que voasse. Deus não poderia deixar de testar seu poder – mesmo à custa do previsível epílogo: uma queda feia e uma fratura no braço.

Às vezes nós, adultos, também resolvemos brincar de Deus e acho que nessa brincadeira os homens têm sido até menos delirantes que as mulheres. Explico. Homens têm usado mais a ciência como forma de demonstrar sua divindade. Desde sempre, investigar as leis da natureza tem sido uma obsessão masculina, numa tentativa de desvendar a própria lógica divina. Gênios como Nicolau Copérnico e J. Kepler, apesar de perseguidos pela implacável intolerância religiosa do mundo pré-moderno, não acreditavam estar desafiando Deus com suas descobertas científicas, mas apenas queriam se aproximar Dele, adivinhando Suas leis.

Sobre o fim dessa história, não sabemos. Os prognósticos são tenebrosos, piores que o tombo na brincadeira de Moreno: fala-se que em seus ímpetos de dominar a natureza, o homem a degrada de forma irreparável, de maneira que o destino da Terra e de seus habitantes é a autodestruição. Tenho minhas dúvidas, porque ainda há tempo para a divindade humana ser usada na correção do rumo dessa nau. Mas, ainda que assim não seja, tal epílogo catastrófico não seria apenas a antecipação do que a própria natureza fará, uma vez que inevitavelmente nos tornaremos "poeira de estrelas", no dizer poético do físico Marcelo Gleiser?

Quanto a nós, mulheres, nosso delírio parece, à primeira vista, mais modesto, mas na verdade trata-se de intenção bastante megalomaníaca. Quando nos julgamos deusas, sai de baixo. Nosso milagre preferido é desejar salvar o outro. Nosso sonho divinal é encontrar a vítima perfeita: preferencialmente um homem com vários predicados – bonito, inteligente, bom caráter etc., etc., etc. –, mas que, por circunstâncias da vida, tenha se desviado do bom caminho. Então, a deusa descerá dos céus para a salvação: se o infeliz era um bêbado ou drogado, deixará o vício por inspiração dela. Se não se achava na profissão, encontrará seu caminho. Se era um galinha, tornar-se-á fiel. E assim por diante. Olha a pretensão dupla: primeiro, a de saber o que é bom para o outro; segundo, querer fazer nele uma espécie de lobotomia não invasiva, só com o poder que sua presença e doutrinação podem inspirar. Como Jesus na passagem em que ordena ao paralítico: "Levanta-te, apanha a tua maca e vai para casa".

Difícil essa pretensão feminina ter final feliz. Pode existir um momento inicial de glória, uma sensação de onipotência, enquanto estivermos, como Moreno em sua cena infantil, no tênue equilíbrio do trono improvisado. Mas o voo, afinal, estará mais para Ícaro do que para Deus.

E AGORA, JOSÉ?

Desde a primeira ameba, temos sido reprodutores obsessivos. Certamente não havia nenhum outro objetivo na vida dessas nossas matrizes a não ser o de sobreviver e se duplicar, num moto-contínuo errante cuja única lógica era a da continuidade a qualquer preço. As bases da vida e do comportamento humano foram derivadas dessa obsessão: o que é o instinto maternal senão um estímulo hormonal que gera o prazer de conceber e criar a prole da melhor forma possível? Também criamos uma estrutura familiar propensa à proteção dos filhos, inclusive com a transmissão dos bens acumulados geração a geração. Para consolidar ainda mais a ideia, Deus reforçou: *crescei-vos e multiplicai-vos.*

Não atender a esse imperativo era o que restava apenas às exceções, incluindo os que não conseguiam parceiros, os atingidos pelo infortúnio da infertilidade ou ainda os que optavam pelo religioso sacrifício da castidade. Tudo seguia bem, até que a razão interveio no moto-contínuo e o questionou: quem disse que não podemos planejar o número de filhos ou, no limite, por que não simplesmente não tê-los, se não houver o desejo de sabê-los? O próprio Estado agora pode impor a contenção reprodutiva, caso dos países superpopulosos, como a China. Ou, no outro extremo, estimular a natalidade, quando ocorre o decréscimo demográfico, caso de alguns países europeus. À margem desses movimentos, a Igreja continua falando às paredes, insistindo no arcaísmo dos desígnios divinos – enquanto seus fiéis escolhem a melhor forma de ter cada vez menos filhos.

Outro dia, conversando com uma ex-assessora doméstica, ela me contou sobre como ficara triste por ter apenas dois filhos, já que havia sido convencida a esterilizar-se em função dos riscos de uma terceira gravidez, tendo em conta seus antecedentes de saúde. Ela tinha óbvias dificuldades para criar sua dupla, seu casamento não era dos mais estáveis e ela não tinha grandes perspectivas sobre o futuro, mas lamentava-se por não poder conceber infinitos rebentos, justificando com uma frase de sua mãe: "Filho é sempre bom". Comparei com toda a minhocação que antecedeu a decisão de ter cada um dos meus dois filhos (aliás, minhoquei tanto que a diferença de idade entre eles é de vinte anos...). Apesar de desejar ser mãe desde a adolescência, tudo me preocupava, e não apenas ou principalmente a questão financeira, mas minha competência na missão educacional, se eu saberia ao menos contribuir para que fossem minimamente felizes, se eu saberia amar igualmente os dois etc. Uma complicação.

Nosso afastamento do *leit motif* original de nossas mães-amebas nos deu liberdade, porque não somos mais obrigadas à reprodução, mas também nos trouxe problemas. Agora sabemos que amar é bom porque é bom, porque é racionalmente conveniente, porque fazê-lo nos dá mais chances de colecionar momentos de felicidade e sensações prazerosas – já que nosso cérebro foi treinado a associar a troca amorosa com satisfação. Idem sobre o dilema de ter ou não ter filhos. É mais provável que tenhamos mais razão para viver se vivermos por eles. Mas serve também um cachorro amigo, uma iguana, quem sabe um peixe, ao gosto do freguês, dependendo da intensidade da troca que se deseje – embora uma amiga jure que seu peixinho salta do aquário e abana a cauda para ela quando a vê.

HOSANA NAS ALTURAS!

No assunto espiritualidade, eu passo. Como diria Almodóvar, Deus não me agraciou com o dom da fé. Sempre tive inveja sincera da certeza pura e inquestionável demonstrada por meus pais, mas tal manifestação talvez seja genética e não transmissível pela doutrinação. Nessa cadeia, sou recessiva, ovelha negra total em meio ao rebanho. Por outro lado, também não posso me entregar com fé ao ateísmo, por ignorância. Sei que, com tantos gênios, Darwins e Einsteins a esmiuçar tudo, falta pouco para explicar – mas o pouco que falta é muito. Nem sou daquelas que se deslumbram com o ser humano, não. Acho que nossa espécie não é nenhuma Brastemp, até porque, da primeira ameba até nossa versão atual, a natureza pôde fazer tentativas e erros à exaustão, vagando por aí sem destino, por bilhões de anos, sem outro objetivo a não ser o da sobrevivência. Assim – um projeto com enorme flexibilidade nos resultados e prazo eterno -, até eu. O único problema é explicar o *primeiro-seja-lá-o-que-for*, a partir do *primeiro-nada*... Em resumo, por falta de opção, guardei o assunto em meu sótão interior, à espera da solução que, imagino, não virá.

Mas há uma situação em que tudo muda e, como num transe, reconheço haver algo superior: basta estar num avião em pleno voo e – como se a proximidade maior com o Cosmo propiciasse a elevação – eu passo a pedir proteção aos céus, como a mais crédula das mortais. Provavelmente a altitude provoca esses efeitos colaterais, e eu me recordo de orações inteiras que aprendi na infância, o pai-nosso, a ave-maria e até partes de um Creio em Deus Pai. Interessante que, quanto maior a turbulência, mais a memória funciona.

Lembro-me de que, quando meu filho mais velho tinha por volta de uns 7 anos e viajávamos juntos, percebia (por mais que eu tentasse disfarçar, boa atriz que sou) minha postura congelada, os olhos esbugalhados, e me dizia, em tom professoral, certamente imitando algum adulto idiota: "Mãe, não se preocupe porque é mais difícil acontecer um acidente de avião do que de carro". O amor de mãe é mesmo especial, porque eu achava bonitinha aquela tentativa dele de me animar. Fosse outro, e eu mandaria a estatística para aquele lugar.

O humor negro é uma boa válvula de escape nessas horas. Outro dia compartilhei com um colega de profissão, mas de empresa concorrente, a tensão de um voo realmente turbulento, que se estendia além do previsto em meio à tempestade. Os longos silêncios certamente se deviam às prestações de contas internas, cada qual fazendo um balanço da vida, o que fez certo, o que faria diferente, se os filhos órfãos ficariam bem, se o sirigaita do parceiro demoraria mais de um mês para aparecer com outra (ou outro) e assim por diante. Quando o interior do avião era iluminado pelos relâmpagos barulhentos, sorrisos amarelos e novas piadinhas. Então meu colega me perguntou: "Companheira, será que nossas empresas vão nos homenagear com notas sobre nossas vidas e quem sabe fotos nos jornais?". Respondi, com a gentileza que me restou nesta hora: "Você certamente merece, pelo tanto que já fez pela companhia". Longo silêncio, e ele volta: "Companheira, o pior é que vão dizer que a gente tinha um caso, né"? Concordei, rindo. E ele arrematou: "E a gente nem tinha...".

PRESENTE DE MÃE

Está bem, eu assumo: adoro ganhar presente no Dia das Mães. Sei que, como sempre nos lembram, existe a conotação comercial na data, mas que mal há em sermos aduladas com flores, acompanhadas de cartões com desenhos naifes que para nós, corujas de plantão, são verdadeiras obras de arte? Ou receber aquele pingente em formato de criança estilizada que o filho narcisicamente oferece para que a mãe sempre o exiba ao mundo, numa espécie de *marketing* da maternidade?

Mas esses presentes com data marcada são os menos importantes. Filhos presenteiam as mães cotidianamente com beijos melados, conclusões espirituosas ou até – talvez, principalmente – experiências rotineiras que podem gerar preocupação e angústia, mas que em geral, passada a tempestade, trazem ensinamentos para a vida. Sou grata aos meus filhos pelos tantos presentes de vida que têm me dado.

Um desses presentes especiais veio do meu filho menor, quando ele tinha 7 anos. Um dia, como que do nada, os olhos vivos estavam apagados, duas jabuticabas murchas. Nenhum indício do motivo, até que ele, sempre tão disposto a ir para a escola – mais pelos tantos relacionamentos com os amigos do que propriamente por razões "acadêmicas" –, começou a apelar para ingênuas dores de barriga, na tentativa de ficar em casa. Sutilmente pressionado, revelou achar que "a professora não deve gostar de mim, porque é injusta comigo nas broncas". Citou duas ou três provas do fato, como que para confirmar para si mesmo a conclusão. Parecia uma simples bobagem de criança, mas, como diria a Maysa, "meu mundo caiu". Não pude deixar de me sentir profundamente contaminada pela tristeza dele, uma das muitas frustrações que uma criança enfrenta ao crescer.

Segui a cartilha e procurei a especialista da escola, para orientação. Sábia, ela vaticinou rapidamente: "Os dois precisam conversar, 'discutir a relação'". No final daquele dia, ansiosa, procurei ler nos olhos do meu filho a sequência do enredo. Estavam lá, acesos de novo, como radares buscando desafios. Respirei aliviada, e ele explicou: "Ela (a professora) me convidou para 'tricotar' depois da aula. Falei tudo, e ela disse que gosta muito de mim. Daí a gente combinou de 'tricotar' de novo toda vez que um dos dois achar que tem algum problema acontecendo".

Sem dúvida, foi muito bom confirmar que uma boa conversa, ou o saudável "tricotar", é sempre um bom caminho para superar um conflito – em qualquer situação, especialmente num relacionamento amoroso adulto. Um aprendizado para o meu filho e um presentão para mim, bem na véspera do Dia das Mães. Se bem que não achei nada mal também ter ganho as flores e os cartões...

AS HORAS

Meu pai foi um relojoeiro dos antigos, daqueles que amam as pequenas máquinas e tratam as engrenagens com delicadeza, como se o mais simples mecanismo fosse joia. Talvez por isso – para respeitar as ordens de seus totens – ele tenha sido sempre pontual. Bem diferente, aliás, dos meus parceiros, *experts* em me dar chás de cadeira que invariavelmente me deixaram à beira de ataques de nervos. Feliz ou infelizmente, herdei a preocupação paterna, a ponto de me sentir um verme quando me atraso, mesmo que amparada pela melhor das justificativas.

Esse traço é bom para a imagem e considerado sinal de civilidade, mas em certos momentos questiono se tal imperativo não me domina além da conta, como um deus onipresente que me vigia 25 horas por dia. Nunca preciso de despertador para acordar, visto que o meu interno é mais preciso. Apesar disso, na dúvida (vai que um dia meu id se rebela?), aciono dois, de prontidão no criado-mudo.

O pior é que nem durante o sono o deus das horas me dá trégua. A cena recorrente dos atrasos é uma das piores sensações oníricas. Sonho que estou atrasada para um voo, ou para um exame escolar e assim por diante; tento me apressar e tudo de errado acontece: o táxi para no congestionamento ou pega o caminho incorreto, uma alcateia em plena praça ou outro evento surreal torna minha meta cada vez mais inviável. Claro que há conteúdos na sensação de angústia: a ansiedade vem da necessidade de corresponder a expectativas e do consequente temor pelos estragos que a falha causará em minha imagem de boa menina (hoje em dia, não tão menina assim...). Tudo bem, mas poxa, o sono é por princípio tempo de descansar, não de cumprir mais horários e regras.

E quanto às férias, então? É preciso estar no aeroporto no horário X e embarcar em tal hora porque o avião decola (ou deveria fazê-lo) no horário Y. O café da manhã no hotel é servido entre 7 e 10 horas. O passeio de escuna exige que você esteja a postos no saguão do hotel impreterivelmente às 8 horas. Do meio-dia às 16 horas você não deve ficar exposto aos raios solares, e assim por diante.

Pensando bem, parece paradoxal que eu seja tão pouco dotada da capacidade natural de concentração e simultaneamente, na prática, tão concentrada. Aprendi, por exemplo, que se puser uma simples caneca de água no fogo para fazer um café preciso permanecer imóvel em frente ao fogão, olhando fixamente para o fogo, sob pena de, se me desviar do foco, esquecer-me dele para sempre e provocar um incêndio. Por medo de não ser disciplinada, sou ao extremo. Assim, se meu relógio interno não fizesse seu tique-taque o tempo todo, obsessivamente, talvez eu fosse um caso patológico de irresponsabilidade com compromissos e com o mundo.

À margem do paradoxo, consolo-me, polianamente: que graça haveria em ter todo o tempo do mundo, sem marcações e compromissos que me dessem referências? Bem, como essa parece conversa de louco ou de botequim, decidi: amanhã, à primeira hora, vou me embora pra Pasárgada. Lá, espero tornar-me amiga do rei e, mais ainda, espero que ele seja uma espécie de psicoterapeuta, sábio e generoso, sempre pontual, mas com tempo ilimitado para discutir comigo o sexo dos anjos...

MEMÓRIA RÃ

Devo parecer confiável, porque não raro pessoas que acabo de conhecer me contam confidências pessoais. Elas são boas de faro, porque sou mesmo confiável, um túmulo, por duas razões: primeiro, por convicção ética; segundo, porque é comum esquecer-me completamente do que acabo de ouvir. Isso às vezes me traz algum constrangimento, quando encontro novamente a pessoa e ela me relata novos capítulos da confidência, sendo que eu não me recordo mais do prólogo. Um ex-parceiro também reclamava de vez em quando, exagerando sobre a possibilidade de um dia ele apertar a campainha de casa e eu abrir e perguntar: "Pois não, senhor?" Em vez das potentes memórias RAM dos sistemas eletrônicos digitais, tenho "memória rã", que pula de evento em evento, registrando apenas o que lhe dá na telha.

Esse defeito tem lá suas vantagens. Por exemplo: embora meu currículo turístico não seja dos melhores, e ainda esteja muito longe de percorrer os mil lugares para conhecer antes de morrer, não corro o risco de esgotar tal cardápio, porque mesmo os que já visitei poderiam ser revistos por mim, sem nenhum problema, como se fosse a primeira vez. Registro sensações, o gostar ou não, cenas envolvendo pessoas, ou sabores inesquecíveis, *flashes* de cenários.

Agora, a variedade de templos budistas japoneses foi transformada numa imagem só, fusão de mil perfis, bela, mas genérica, sem nenhum resquício das especificidades históricas que os guias turísticos tentaram me passar. As muitas praias nordestinas resumem-se a uma imagem de cartão-postal: areia, cheiro de mar, sol escaldante, coqueiros, brisa... e um axé ao fundo para atrapalhar.

Sempre pensei sobre como essa mensuração de capacidade é relativa. Apesar das saias justas de vez em quando, convivo bem com minha limitação de armazenamento de informações. Esse traço faz parte das características de minha família, formada por esquecidos e distraídos contumazes. Em alguma medida o folclore familiar, responsável por boas risadas de autodeboche, vem dessa "deficiência". Minha mãe, por exemplo, misturava de tal forma as histórias dos oito filhos que hoje não sabemos mais quais foram os autores das melhores peripécias. Ainda bem que temos os registros, ou nem a ordem cronológica dos nascimentos saberíamos mais. Agora, a especialidade de minha mãe era dar três presentes de aniversário por ano para cada neto, por ela sempre achar que havia se esquecido das datas e dos presentes (na dúvida, achava melhor comprar mais um). Interessante que às vezes eu achava que ela não tinha me dado presentes nos meus aniversários. Ou será que deu?

Com esse ambiente de confusa normalidade, sempre me impressionou a comparação com o caso de um amigo com quem convivi bastante. Tinha uma memória invejável, anos-luz melhor que a minha. Usando linguagem digital: ele era um I7; eu, um paquidérmico 286. No entanto, sua referência era a esclerose desenvolvida pela mãe, o que transformava qualquer pequeno esquecimento num sintoma da doença. Tentei mostrar-lhe, sem sucesso, as vantagens de se ter memória rã, como eu. A melhor delas é poder refazer nosso passado com boas imagens.

Às vezes encontro amigos antigos que relembram velhas passagens: "Lembra-se de quando fizemos isso ou aquilo?". Eu nunca me lembro. Parece que estou numa viagem no tempo, enxergando pela primeira vez as cenas, como no filme *De volta para o futuro*. Para os mais íntimos, confesso minha surpresa: "Eu fiz isso? Eu disse mesmo aquilo?" E, como é mais provável que um amigo de verdade relembre o que foi bom, acabo por compor uma história passada interessante, quem sabe bem melhor do que de fato foi.

EXECUTIVA DO LAR

Na fila para entrar no Museu do Louvre, há muitos anos, minha mais que amiga/irmã Teca e eu conversávamos animadamente – como sempre, aliás. De repente notei que, apesar de continuar a conversa normalmente, ela olhava para o nada, como se estivesse distraída. Em alguns segundos tive a explicação: enquanto falava comigo, ela prestava atenção também no papo ruidoso do casal à nossa frente. Falavam um francês cantado, muito chique, fazendo caras e bocas. Apesar das ótimas aulas no ginásio, eu não captava o conteúdo da conversa. Já a Teca arrasa na língua de Flaubert e traduziu tudo para mim: tratava-se de um casal de amantes combinando programas. Em francês, ficava ainda mais romântico.

O episódio reforçou a constatação da habilidade das mulheres de fazer várias coisas ao mesmo tempo. Eu mesma também não faço feio: já me surpreendi acompanhando conversas simultâneas, o que me credenciaria para a carreira de detetive. Dizem que tal talento feminino foi desenvolvido ao longo de milhares de anos procurando administrar a seara familiar com filhos, casa etc.

Provavelmente nos dias atuais nós – homens incluídos – exacerbamos essa característica de querer fazer *tudoaomesmotempoagora*. Assistimos a filme na TV enquanto navegamos na internet e comemos pipoca. Outro dia, durante uma reunião, recebi a notícia, via *e-mail* pelo iPhone, de que a máquina de lavar roupas de casa havia pifado. Após uma rápida troca de mensagens eletrônicas com minha assessora para assuntos aleatórios, comparamos custos-benefícios das opções de arrumar a velha ou comprar uma nova. Em cinco minutos minha nova máquina foi comprada via internet (após pesquisa de preços, é claro!). Enquanto isso, eu participava ativamente de decisões bem mais relevantes na reunião de trabalho...

Mas acho que meu recorde foi num domingo recente. A semana e o sábado anteriores tinham sido de muito trabalho, incluindo uma conferência telefônica com executivos e advogados... parada num estacionamento de supermercado, onde pensei que o celular funcionaria melhor que em meio ao trânsito. Mas para mim o domingo é sagrado: minha função desde cedo é assessorar meu pai na confecção de seus famosos pastéis, enquanto lemos juntos os jornais do dia e comentamos a semana. Arrumo tudo, frito, sirvo os fregueses (parentes e amigos), mil e uma utilidades.

Pois bem, mal iniciei minha jornada e o celular tocou. Usei a mão esquerda para atender, enquanto manejava a escumadeira com a direita. Por conta dos mistérios das telecomunicações, o celular só funciona num ponto específico da cozinha – com o aparelho voltado para Meca. Esticada entre o fogão e o telefone, fiquei numa posição de dar inveja a Barishnikov em *O lago dos cisnes*. Era assunto urgente: eu deveria ler cláusulas de um contrato imediatamente. Disparei atrás do iPad tão rapidamente que consegui voltar a tempo de salvar o pastel em processo de fritura. Continuei no manejo da escumadeira enquanto abria o arquivo com o contrato a ser lido, um olho no peixe outro no gato. Só que o gato, digo, o óleo, ficou nervoso com a confusão e decidiu espirrar pra todo lado, inclusive no peixe, digo, no iPad. Raios, da próxima vez preciso acrescentar Prozac no pastel.

Ainda não acabou. De repente, soa o alarme de ataque nuclear. Acalmei a todos: não havia perigo, era apenas o toque do celular que anuncia meu chefe chamando. Chefe é chefe, a gente atende mesmo quando o outro "chefe" exigia produção, passando-me mais pastéis para fritar. A essa altura, com meus dois neurônios, Tico e Teco, ocupadíssimos, entra na cozinha um de meus irmãos e, alheio ao caos, suado na indumentária de futebol, me pergunta: "Tem cerveja na geladeira?". Em respeito ao meu pai, e considerando a conversa formal em curso com o meu chefe, decidi não explicar ao meu irmão onde ele deveria procurar a cerveja. Foi uma das poucas vezes em que considerei mudar de opinião e ser homem na próxima encarnação.

PASSATEMPO

É fato que nós, humanos, nunca estamos satisfeitos. Reclamamos se faz calor e também se faz frio. Quem tem cabelos lisos deseja tê-los cacheados e vice-versa. Quem está avulso quer se casar e os casados cobiçam a vida de solteiro. Para complicar, muitas vezes nosso desejo consciente e nosso discurso são diametralmente opostos às determinações internas e à mensagem subliminar que transmitimos ao mundo. Dissonância total.

Eu mesma sou um exemplar dessa contradição ambulante. Já na adolescência dizia que não queria casar, que casamento era uma instituição em decadência e não adequada para mim, uma mulher moderna. Pois apaixonei-me a sério aos 21 anos e em dois meses estava casadíssima, com igreja, papel e sobrenome novo. Muito tempo depois, passado o trauma do fim dessa longa experiência, minha proposta séria era não levar nada muito a sério. Já quase quarentona, a ordem era recuperar a leveza que eu não havia desfrutado na juventude, já que muito cedo me envolvi numa relação estável. Pois bem, a ideia agora seria "dar uma de homem" e só procurar relacionamentos leves, para passar o tempo. Encurtando a ladainha: apaixonei-me de novo e me casei em seis meses. Conclusão: meus planos sérios não podem ser levados a sério. Cheguei a ficar encanada: será que não sou atraente para um homem me desejar apenas como mulher-objeto?

Uma amiga explica com sabedoria o fenômeno da dissonância: "Apesar dos planos e do discurso, está escrito em sua testa que você só sabe lidar com envolvimentos mais densos, e assim já espanta de cara os que tentam atender ao seu (falso) desejo declarado. É como se você os chamasse segurando uma faixa: *Playboys, go home!*". Ela está certa, embora eu não saiba que temores internos me levem a agir assim, com preconceito em relação a apenas passar o tempo. Mas o oposto também é verdadeiro. Tenho amigas com trajetórias aparentemente incompreensíveis. São lindas, inteligentes, interessantes e dizem que querem se casar. No entanto, os que se aproximam querem apenas um *light affair*. Certamente opera o mecanismo de dissonância: a mensagem – por medos inconscientes ou por outras razões – é oposta ao que é verbalizado: "Fora, casadoiros!".

Pois é, durma-se com uma confusão dessas. Bem, ao menos no meu caso, pretendo ser firme em meus planos a partir de agora: nessa encarnação, não me caso mais. Se bem que outro dia, após esta minha taxativa declaração numa conversa de botequim, um amigo não resistiu à piada: "Então, para a próxima encarnação, já ficamos combinados...".

POR UM NARIZ

Considero o nariz o órgão mais exibido e fálico do corpo humano. Ele ocupa a posição central da área mais visada do corpo e aí se sobressai ainda pelo alto relevo. Alto mesmo em alguns casos, como na minha genética familiar, de portugueses que souberam preservar a herança moura. Essa questão em casa é alvo de discussões e decidimos no passado vetar *Pinóquio* entre os contos infantis lidos para filhos e sobrinhos, por ser sempre trabalhoso explicar que, apesar das aparências, não somos uma família de mentirosos.

O nariz sabe manter o suspense: disfarçado em formas quase sempre delicadas na infância, revela sua verdadeira identidade a partir da adolescência. Para mim esse processo foi um problema. Eu ainda era uma menina, de corpo e alma, e meu nariz, pioneiro, resolveu crescer antes que todo o resto despertasse. Eu me sentia um nariz com complementos, justo na época em que mais a gente quer se parecer com a Gisele Bündchen (naquele tempo, com a Elisabeth Taylor). Não há muito o que fazer nessa fase, exceto se esconder ao máximo do mundo. Se fosse celulite, bastaria ocultar sob a roupa. Bunda grande pode ser disfarçada com vestidos retos, segundo os estilistas. Mas o que fazer com um nariz enorme bem no meio da cara?

Aventei o islamismo e uma burca, mas achei *over*. Então cogitei usar um disfarce de Groucho Max, aquela armação com óculos e um grande nariz postiço acoplado. Assim, eu chamaria a atenção – e as risadas – pelo grotesco. Melhor do que achar que alguém estava me encarando – e quem sabe rindo escondido – por conta do meu nariz de verdade. Não tive coragem para tais ousadias e simplesmente resisti bravamente até que o resto do meu corpo resolveu crescer também. Sei que há ótimos recursos de cirurgia plástica, mas aí entra um impeditivo básico: meu aparato nasal funciona às mil maravilhas, nenhum problema alérgico, nada de sinusite, nem resfriado o incomoda. Não se mexe em time que está ganhando – seria como desentortar as pernas do Garrincha.

O que me assusta mais é a virilidade desse órgão. Ele não para nunca. Quando o corpo está em expansão, ele também está. Quando o resto se estabiliza, ele vai em frente. E quando finalmente o corpo começa a diminuir, mesmo assim ele seguirá em sua saga expansionista. Todo o resto em decadência e o nariz crescendo, impávido e colosso, até a morte. Aliás, ele tem uma certa razão nessa atitude arrogante: o olfato é o sentido mais básico e antigo, presente até em estruturas simples como bactérias, e sabemos de seu papel na atração sexual para os animais; no caso humano, pesquisas recentes sugerem que o "nervo zero", ligado à cavidade nasal, tem conexões com áreas do cérebro que liberam hormônios sexuais. Não é à toa que o nariz se acha. É verdade que as orelhas também têm pretensões megalomaníacas, mas essas podem ser facilmente camufladas sob os cabelos, ao menos no caso das mulheres.

É por isso que, quando olho para o meu pai, de quem herdei os traços fisionômicos, penso que tenho de me preparar para o pior. Burca não, mas quem sabe agora, livre dos pudores da adolescência, eu decida assumir de vez o deboche e comprar meu nariz de Groucho Max.

MÃECUNAÍMA

Todo filho acha que tem ou teve a melhor mãe do mundo. Eu não acho. Tenho certeza. Porque não é comum a sorte de poder crescer sob a égide de uma personagem ao mesmo tempo tão maternal e tão livre de alguns estereótipos - nem sempre positivos - associados ao papel.

Na cozinha, por exemplo. Parece que todas as mães fazem obras de arte que perduram para sempre na memória dos filhos, como as *madeleines* da tia Léonie para Proust. Aliás, certos homens acusam as esposas, direta ou veladamente, de, apesar de se esforçarem, nunca conseguirem chegar à perfeição das sogras. Minha mãe, sabiamente, não quis expor seus oito filhos ao problema. Com certeza tinha talentos de *chef de cuisine*, mas fez questão de nos apresentar memoráveis gororobas, das quais não precisássemos ter saudades depois, exceto pelo tanto de diversão que tais obras nos rendiam. Em compensação, sempre foi uma liberal: tínhamos a opção de comer ou não - ou de criar gororobas próprias -, sem nenhuma chantagem típica das mães (em especial, diz a lenda, das italianas e judias, que ameaçam matar o filho ou, pior, se matar, caso ele não coma quantidades industriais de alimento). Aliás, minha mãe, por seu espírito sempre tão leve e divertido, nunca teria credibilidade caso insinuasse alguma tentativa de chantagem em assuntos culinários ou em outros. Todos morriam de rir, pelo inverossímil da cena, e tudo acabava em pizza.

Vez por outra, um filho a pilhava em alguma arte ou bagunça. Os papéis se invertiam momentaneamente, mas a autoridade materna nunca deixou de ser clara sem que ela precisasse se esforçar ou se irritar nessa empreitada. Em resumo: ela provou que não é preciso ser chata ou ciumenta para mostrar seu amor de mãe. Nenhum de nós deixou de se sentir amado por não ser perseguido e controlado 24 horas por dia. Um equilíbrio difícil, um fio de navalha, com o qual só uma verdadeira e naturalmente anárquica "Mãecunaíma" consegue lidar bem.

Pesquisas recentes sugerem que o otimismo seja geneticamente definido. Se assim for, sorte a nossa ter tido uma mãe com esse talento natural. Não há o que pague o bom humor e a tolerância na convivência diária, ainda mais para a relação que é considerada a mais intensa e visceral que existe. Mas a lição pode ser estendida: qualquer relacionamento – o conjugal, o de amizade, o profissional – só tem a ganhar se tiver esse ingrediente, como percebem até as crianças.

Quando tinha uns 7 anos, meu filho anunciou, convicto: "Mãe, acho que a vó vai entrar pro *Guiness*". Não entendi. Ele reafirmou: "Eu nunca vi a vó de mau humor. Ela vai ser considerada a pessoa mais bem-humorada do mundo". Ri e pensei com meus botões: improvável que criem essa categoria no *Guiness Book*. Mas se existisse, o recorde seria dela.

A VIDA É BELA?

Quando engravidei de meu primeiro filho, há trinta anos, não eram rotineiros durante o pré-natal os exames que nos permitem espiar o bebê já na privacidade da barriga. Era romântico o suspense e poder devanear sobre o sexo, a cor do cabelo, dos olhos... Lembro-me de que me saí bem nas tentativas de adivinhação, mais por conta dos muitos sonhos, que anteciparam como seria meu filho ao vivo. Vinte anos depois, em minha segunda gravidez, a monitoração tornou-se quase obrigatória e me permitiu outro tipo de experiência, tão marcante quanto meus antigos sonhos. A melhor delas foi uma cena a que assisti, surpresa e emocionada, no vídeo de uma sala de exames de imagens: meu filho era ainda pequeno o suficiente para ter muito espaço livre no abrigo e brincava de flutuar, pulando em *slow motion*, como se estivesse na superfície da Lua. Vislumbrei ali a própria imagem do Paraíso: nenhuma preocupação com necessidades básicas, todas supridas pela mãe; nenhuma ameaça de dor ou perda; apenas a experimentação de sensações, em tese, agradáveis.

Imagino que, com o crescimento do corpo, a falta de espaço seja um primeiro incômodo, ainda na proteção uterina, e que a experiência do nascimento seja um corte drástico na doce e tranquila rotina do bebê. Não deve ser fácil a sensação de ser amassado e de lutar para transpor uma barreira, rumo ao desconhecido. Parece a própria expulsão do Paraíso. É verdade que o consolo vem rápido, com o aconchego da mãe e o prazer de sugar o leite do seio. Mas a partir daí a felicidade, se houver, nunca mais será paradisíaca, no sentido de plena e sem ameaças. A felicidade será a vivência de momentos felizes – quantos mais, melhor –, mas haverá a presença constante de um espectro: o medo dos sofrimentos futuros.

Claro que as experiências individuais são diferentes, variando de acordo com heranças genéticas, experiências familiares e as influências do meio externo, mas não há quem escape das frustrações, em menor ou maior grau. O bebê, ainda com poucos recursos e dados, começará a aprender que pode haver dores, ausências, desejos negados. Muito cedo a criança começará a experimentar inseguranças diante de competições, perdas, carências e toda a sorte de conflitos internos de difícil entendimento e superação. O adolescente se verá às voltas com um mundo de sensações novas, extremas e inexplicáveis, e ainda com a enervante expectativa de ter de virar gente grande e ser lançado na selva competitiva do mundo, com as responsabilidades e pesos que isso representa. O adulto deverá lidar com as frustrações de parte de seus planos, visto ser impossível dar conta dos infinitos desejos humanos e, finalmente, com as perdas e a proximidade da morte.

Não é a toa que precisamos inventar fugas e promessas de retorno ao Paraíso. Pode ser a fuga instantânea das drogas; pode ser a religiosa esperança da recompensa divina, *post mortem*; pode ser uma compreensão laica da natureza, a visão de que somos uma partícula cósmica em constante transformação; ou pode ser simplesmente a terrena busca de um mundo melhor (embora às vezes esta possa assumir formas ideológicas autoritárias).

A vida é bela? Como sou uma depressiva alto-astral, minha resposta é: pode ser, com seus altos e baixos, suas idas e vindas. Mas vale a pena pelos momentos sublimes, como os sonhos e as cenas com meus filhos, por exemplo. Ou por poder brindar à vida com alguém especial reconhecendo, no entanto, que ela pode ser bela, mas não é nada fácil.

GPS

Por ser barbeira de carteirinha, do tipo perigoso mesmo, decretei há muito tempo que não exporia o mundo a riscos. Por esse motivo, convivo diariamente, e de bom grado, com os taxistas paulistanos. Divirto-me e aprendo com esses seres capacitados a discorrer sobre tudo, de filosofia a política, passando por economia, administração pública (especialmente segurança), moral e costumes. Um dia, quando finalmente o talento dessa categoria for reconhecido e eles deixarem de dirigir apenas carros para se dedicarem a dirigir países, com certeza o mundo será bem melhor.

Constatei que eles, sempre à frente de seu tempo, começaram, antes dos demais motoristas, a usar o GPS, aquele aparelhinho acoplado ao console do carro e que, após a digitação do local de destino, ensina ao motorista o melhor trajeto. Para quem não conhece: orientado por satélite, o aparelho "fala" o que se deve fazer, passo a passo ("vire à direita na próxima rua, siga em frente", e assim por diante). Em todos os casos que já vi, a voz é feminina, e até um pouco *sexy*, embora não se compare àquela de certos aeroportos brasileiros, em entonação sempre à beira do orgasmo. Por ser assim, uma voz de mulher que tenta, paciente e sedutoramente, dar doces ordens aos motoristas, na intenção de conduzí-los pelo melhor caminho, vamos convencionar chamar o GPS de "aparelha".

Pois bem, as cenas que tenho visto são intrigantes. Inicialmente o taxista exibe a aparelha, sempre coladinha no console à sua frente, como a oitava maravilha do mundo, cheia de virtudes. Digita nela o nome da rua de destino, carinhosamente, como se estivesse acariciando um corpo. Então ela começa a dar as primeiras orientações, vire aqui, siga acolá, e ele segue, meio-sorriso de orgulho por possuir aquela máquina. E assim vai, como numa lua de mel, por algum tempo, até que ele começa a se distrair e a olhar as atrações da rua, um bar novo que abriu, o modelo raro do carro ao lado, uma mulher real que passa com suas buarquianas pernas de louça e peitinhos de pitanga. A aparelha, focada, segue com as ordens, mas a essa altura o dono já está um pouco irritado com o faça isto, faça aquilo. De repente, num ato de rebeldia, ele segue em frente num ponto em que ela havia mandado virar à direita. A aparelha reage e rapidamente rearranja o trajeto, num cálculo instantâneo sobre como acertar a bobagem feita por seu dono. Decreta: "Recalculando a rota!".

Vendo a cena, imaginei que a versão 2.0 da aparelha precisa incorporar um avanço fundamental: ela deverá interagir com o motorista, como uma verdadeira mulher faria. Quando ele desobedecesse às suas ordens, a resposta seria imediata: "Sua anta, você errou o caminho. Se é para fazer diferente do que eu disse, por que perguntou?". E ele: "Esse seu caminho não tem pé nem cabeça. Só mesmo uma mulher para dar tanta volta. Bom, já está provado que habilidade espacial não é com vocês. A menos que haja alguma loja em liquidação nesse caminho...".

Tréplica: "Seu machista arrogante! Vocês homens preferem se perder – embora nunca admitam – a pedir ajuda, especialmente se for para uma mulher". E começa a chorar, alagando todo o carpete novo do carro. Ele resolve ir para o bar relaxar um pouco e desabafar com os amigos: "Bons tempos aqueles em que pelo menos as máquinas nos deixavam em paz...".

INDIVIDUALIDADE

Vamos combinar que não há fórmula perfeita ou ideal para a convivência. Cada par deve achar a sua, pesando prós e contras das opções, e os resultados também podem variar para um mesmo casal nos diferentes momentos do relacionamento.

Para as gerações anteriores à minha era impensável qualquer arranjo diferente do tradicional: o casal inseparável, que partilhava tudo, casa, quarto, banheiro, cama e segredos. Era conveniente, também, aparentar harmonia e evidências de intensa (ainda que discreta) vida sexual.

Vejo nas gerações posteriores à minha indícios de que a vida pode ser mais saudável – ou menos hipócrita – no futuro. Fórmulas particulares de convivência são vistas com menos preconceito, e isso está começando a se refletir no espaço físico a ser partilhado. Casais modernos que podem se dar a esse luxo querem cubas separadas, ou banheiros separados, ou até quartos separados ou – heresia das heresias – casas separadas.

É desafiador, mas difícil, ficar ensanduichada entre gerações com concepções tão distintas. Para mim e para muitas das mulheres de minha geração, desejar individualidade significa simbolicamente abrir mão do romantismo simbiótico. Racionalmente eu sei que isso é bobagem, que uma pessoa independente pode ser muito mais capaz de amar o outro, mas vá explicar isso para registros petrificados por sinapses do arco-da-velha! Tomar atitudes na direção de maior individualidade soa a *downgrade* na relação, quando de fato significa *upgrade*, porque permite jogar fora convenções para focar na melhoria individual e portanto na parceria.

Mais do que se livrar do incômodo dos dentifrícios abertos sobre a pia, separar banheiros pode sinalizar que um respeita o outro em seus hábitos e estilo. Mais do que evitar roncos e guerras pela posse das cobertas, manter relações a dois com separação de quartos pode significar que ambos entendem ser melhor reservar esse espaço tão especial e sagrado para algo mais nobre que implicâncias recíprocas. Mais do que se livrar de obrigações rotineiras e desgastantes, ficar juntos (ou separados) em casas distintas pode significar que cada um deseja para o outro apenas o melhor da vida.

FUNDO MUSICAL

Minha vida tem fundo musical, e imagino que isso acontece com todo mundo. Não é planejado, mas fica muito mais bacana, as cenas parecendo de filme ou novela. No dia a dia não tenho muito controle do meu "*iPod* cerebral": às vezes há *downloads* involuntários daquelas musiquinhas chatas logo pela manhã, e é difícil virar o disco ou deletar aquele mantra indesejado. Nos momentos importantes, no entanto, há algum planejamento – embora eu seja bem óbvia como diretora musical: paixões pedem músicas românticas (*Quando penso em você, fecho os olhos de saudade...*); crises combinam mais com músicas clássicas, Chopin, por exemplo.

Tenho alguma habilidade musical, talvez a pior combinação: insuficiente para aproveitar profissionalmente e me render alguma coisa, mas suficiente para eu ter intolerância crônica a inofensivos karaokês. Também sou previsível no que se refere aos meus maiores ídolos – um deles o velho e bom Chico Buarque. Sou sua fã de carteirinha e conheço todas as suas músicas e letras. Bom, aí já é um pouco de exagero, considerando minha decadente memória, mas juro que ao menos consigo acompanhar tudo no *laiá-laiá*. Com todo esse histórico, nunca o tinha visto ao vivo – uma lacuna grave em minha biografia de tiete.

Pois bem, um dia conseguimos, meu então parceiro e eu, nos agendar para ver o meu ídolo. Haveria, sem dúvida, algum estresse para conseguir sair do trabalho a tempo de ver o início do espetáculo, e depois alguma dificuldade para conseguir virar a chave de trabalho para lazer, assim, de forma automática; mas achei que valia o esforço. Com ingressos caros, em área especial, imaginei que não estaríamos sujeitos aos desconfortos típicos das casas de *show*. Ledo engano: fomos instalados em poleiros, em meio a centenas de outras "aves" da plateia. A ração, digo, a comida e a bebida, demorava a chegar, era de qualidade duvidosa e, para completar, os garçons, irritadíssimos com o assédio, cobravam taxas exorbitantes – eufemismo para os itens não pedidos que foram incluídos na conta. Contamos até dez várias vezes, tudo pelo Chico.

Valeu a pena. Ele entrou no palco esbanjando humilde magnificência, um encabulamento planejado semioculto atrás do violão. Clichê total, babei pelos olhos verdes, ao som dos primeiros acordes e dos versos que evocam a paixão conceitual, a mais dilacerante – a pior, a melhor, por ser platônica e, portanto, a anos-luz da Terra. O contentamento descontente, como nas tintas de Camões. Num átimo de segundo, reiterei intimamente a tese de que havia defendido para meu parceiro quando a imprensa noticiou o caso do Chico com uma bela moça casada: não se justificava a revolta do marido traído; ao contrário, ele deveria orgulhar-se de ter como esposa alguém interessante aos olhos (verdes) do monstro sagrado, que está acima do bem e do mal. Talvez devesse até incluir a informação no currículo, no item estado civil: *casado, com uma mulher cobiçada pelo*

Chico Buarque. Obviamente meu parceiro não endossou a tese, e mais: argumentou, com alguma razão, que o meu herói nem devia ser tão bom assim, já que a Marieta o descartou.

Voltando ao *show*: estava perdida em meus devaneios, de queixo caído, só eu e o Chico em meio à multidão, quando senti que algo destoava da harmonia daquele instante. Custou alguns segundos para eu entender, mas finalmente caiu a ficha: meu parceiro repetia a música, som direto em meu ouvido esquerdo. O Chico em dó menor, ele em lá maior. Deveria ter considerado o lado romântico daquela cena, mas foi mais forte que eu: dirigi-lhe em olhar fulminante, sem dizer palavra, mas já dizendo tudo. Ele entendeu a mensagem e não cantou mais, mesmo quando o povo todo insistia em fazer coro com meu ídolo ou quando, já no carro, mãos dadas com ele, de volta para casa – e à realidade –, comecei a cantarolar, repercutindo meu *iPod* interno: *Imagina/ Imagina/ Hoje à noite/ A lua se apagar*... ("Imagina", Tom Jobim e Chico Buarque).

EFEITO BORBOLETA

Os recém-falecidos em geral são alvo de revisão bibliográfica, cujo resultado é um resumo da personalidade e dos feitos de uma vida, quem sabe adocicados pela comoção do passamento. Os baús da memória são revirados pelos familiares e amigos, e fatos antigos são resgatados como relíquias, trazendo luz para as imagens que comporão o perfil definitivo de quem se foi.

Vi esse enredo se repetir com o falecimento de minha mãe. Rememoramos sua trajetória impagável, resgatamos coletivamente os detalhes para remontar cenas já meio apagadas, como se fossem quebra-cabeças. Caixas empoeiradas de fotos ressurgiram, para ajudar na composição dos melhores lances. E, finalmente, novas cenas e interpretações apareceram, para se somar às variáveis do livre pensar que nos absorve após a concretização de que a ausência é definitiva.

No meio desse exercício, meu pai me mostrou uma foto muito antiga, que eu já devia ter visto muitas vezes e que nunca tinha me despertado interesse maior que as outras. Nela estavam perfiladas, em pose de foto – como eram todas naqueles tempos –, algumas mulheres, umas conhecidas, outras não, todas elegantes em suas roupas simples de domingo. Eis que meu pai aponta para uma delas e diz: "Alguns amigos me aconselharam para que me casasse com esta moça, em vez de sua mãe". Disse isso com evidente orgulho pela decisão tomada, pela certeza de que tinha feito a escolha certa da mulher que seria sua inseparável parceira por 62 anos.

Magnetizada pela foto, olhei longamente para aquela figura, tentando adivinhar como seria se meu pai a tivesse escolhido. Para começar, fisicamente ela era muito diferente de minha mãe. Fiquei imaginando que eu teria outras feições, melhores ou piores, não importa, mas outras feições. Também conjecturei se a outra teria a vocação para ser mãe como a minha – caso contrário, eu, a quarta de oito filhos, talvez nem existisse. Mas, mais importante, tentei ter a frieza para analisar se seria possível termos tido uma mãe melhor que a nossa. Provavelmente a outra seria mais organizada, e quem sabe a casa não se assemelharia a um permanente cenário pós-tsunami. Com certeza teria dotes culinários superiores aos de minha mãe, que nunca se ofendia quando deixávamos claro que ela não estava bem cotada no *ranking* gastronômico internacional. Em compensação, é quase impossível que a moça da foto tivesse o bom humor e a tolerância de minha mãe – até porque ninguém se igualava a ela nesses quesitos. Muito provavelmente não teríamos tantos anos de convivência pacífica e divertida entre oito irmãos.

Minhas divagações prosseguiram, com larga vantagem para minha mãe, mas então – para eu mesma não achar que se tratava de favorecimento nepótico –, endureci o embate, tentando encontrar uma prova mais difícil na comparação. Pensei num traço que seja herança inequívoca de minha mãe, algo que faça a diferença em minha própria personalidade. Infelizmente tive que descartar em mim a presença de várias das qualidades dela, em especial a capacidade de não se abalar com nada, de enfrentar tudo com permanente otimismo e bom humor. Não sou, como ela foi, imune à TPM, às oscilações hormonais, ou ainda às constatações sobre a miserabilidade da condição humana – até porque estou em desvantagem: para mim, o remédio religioso não faz efeito. Depois de rastrear todo o mapa íntimo, finalmente encontrei a prova que buscava: a menos que minha autoanálise seja muito falha, sou uma das pessoas menos ciumentas que conheço – e disso, um traço da linha materna, tenho muito orgulho. O ciúme, onipresente como erva daninha, nada agrega, só divide ou contribui para a discórdia e a angústia, sempre.

Bem, para meu conforto, reiterei que a história passada foi mesmo a melhor, e o episódio da foto terminou polianamente feliz – embora eu saiba que tudo isso é pura bobagem. Afinal, se minha mãe não fosse minha mãe, eu não seria eu, nem estaria aqui agora, escrevendo essas confusas elucubrações.

NEPOTISMO

Entendi cedo, e na prática, por que muitas empresas adotam regra interna que veta pessoas da mesma família numa equipe comum de trabalho. Casei-me, aos 21 anos, com um profissional que, em tese, havia sido contratado para me comandar, ou melhor, dirigir a equipe da qual eu fazia parte na autarquia em que eu estagiava. Como brinquei depois, resolvi tornar-me a chefe dele antes que ele fosse o meu. Foi tudo muito rápido, apenas dois meses entre apresentação e casamento. Isso entremeado por um namoro muito intenso, mas tão discreto no que se referia aos colegas de trabalho que ninguém veio a saber de nada, até serem surpreendidos por um convite para a festa. Só dois meses, mas que dois meses! Foi paixão fulminante, e, mesmo vivenciando o Nirvana, pude ter a certeza de que, ao menos no meu caso, é impossível conviver bem no trabalho se há algum envolvimento além do profissional.

Em primeiro lugar, a naturalidade das relações com os pares profissionais fica comprometida. Como nunca fui ciumenta e sempre espero que os outros também ajam assim comigo, mantive a mesma atitude que tinha com os demais no dia a dia, antes da chegada do meu novo chefe. Afinal, se eu quisesse algum relacionamento além do profissional com um deles, isso poderia ter acontecido antes, certo? Além do mais, eu estava completamente apaixonada, e todo mundo sabe que, especialmente nessa fase, só se tem olhos para a pessoa eleita, certo? Certo, para mim. Algumas vezes minha afetividade no trato com os colegas foi considerada excessiva pelo meu "chefe", e confesso que houve situações em que não consegui nem ao menos saber quem teria sido o alvo de minhas atenções, ou qual a cena que teria justificado a cara amarrada do meu namorado secreto. Em resumo, a situação era um porre, mas tudo é contornável quando Cupido está por perto para pôr panos quentes.

É inevitável a mistura de instâncias, a relação a dois interferindo na profissional, e vice-versa. Imagine que você e seu parceiro tiveram um desentendimento sério à noite, e que na manhã seguinte devem estar numa mesma reunião, discutindo um assunto importante. É possível imaginar que não haverá algum tipo de contaminação da relação caseira na controvérsia profissional? Talvez a sugestão dada pelo parceiro na reunião seja brilhante, mas haja isenção para admitir isso e não tachar sua ideia como "de jerico", quando o sentimento em relação a ele for de raiva. É claro que esse jogo de amor e ódio também pode ocorrer (e de fato ocorre) nas relações puramente profissionais, independentemente de parentescos, mas é exacerbado quando nele entram as emoções da intimidade. E quanto à competição? Se um for subordinado ao outro no trabalho, como tornar essa hierarquia restrita ao ambiente profissional? Ou, se forem pares, como evitar o ressentimento se um dos dois vence a disputa por um cargo?

Isso sem falar no problema oposto, ou seja, no favorecimento entre parentes – o lado mais comentado do nepotismo nas instituições governamentais. As justificativas são sempre as mesmas: nomeei minha esposa porque ela é competente e de confiança. Certo, mas seria ela a única pessoa competente e confiável neste mundo, a ponto de valer a pena o desgaste causado por tal decisão?

Por essas e outras, e tendo experimentado, ainda que brevemente, a convivência entre o profissional e o particular, é que voto a favor da tese de que a mistura pode ser ruim para todos, empregados e empregador. Claro que há exceções, especialmente quando se trata de pequenas empresas familiares, que podem comportar sociedades saudáveis. No meu caso, percebi logo que o reporte ao meu então namorado e a convivência simultânea em casa e no trabalho não nos traria bons resultados. Abri mão do chefe e fiquei com o marido.

BLADE RUNNER

Há algumas décadas, quando surgiram os "cérebros eletrônicos" – na verdade, paquidermes informáticos se comparados com os *hardwares* e *softwares* de hoje –, dizia-se que tudo se reduziria a códigos e cifras, e a desumanização seria a tônica do mundo. Em minha infância, por exemplo, à novidade de cada aluno ser identificado por um número na hora da chamada, a reação dos adultos foi prever que o ser humano não passaria de um número, perdendo sua identidade na massificação. Seríamos, enfim, considerados no atacado, e não mais no varejo de cada personalidade.

Há mesmo muito de pasteurização num planeta globalizado, onde a informação é instantânea e a comunicação é cada vez mais imediata entre quase todas as sociedades. Moda, costumes e desejos tendem a ser iguais, implicando uma homogeneização cultural que tende a camuflar diferenças milenares.

No entanto, pesquisas mostram que os recursos da revolução digital, sempre acusados de isolar o indivíduo, na verdade contribuem para a sua sociabilidade: quem usa a comunicação *on-line* – manda *e-mails*, participa de comunidades virtuais etc. – tende a ter mais amigos que os outros. E, ao contrário do que se previa, a informatização ajuda a dar relevo às individualidades. Se não, vejamos: os bancos de dados públicos acumulam informações precisas sobre cada contribuinte, de forma que é possível saber exatamente quanto cada um recebe e de que fontes, quanto cada um gasta e com o quê (inclusive com impostos), o que cada um consome por meio de cartões de crédito ou pagamento bancário etc.

Bancos de dados privados, como os de telefonia e de acesso à *web*, armazenam dados que permitem identificar preferências individuais de navegação na internet, produtos ou serviços que cada um busca e consome. Cada vez mais, os produtos serão personalizados e a publicidade *on-line* também, em resposta a esse conjunto de informações que possibilitam oferecer a cada indivíduo exatamente o que lhe interessa, num grau de objetividade ímpar na história. Bancos de imagens – num planeta cada vez mais mapeado – permitirão saber onde cada um esteve e quando. Não é à toa que imagens de circuitos fechados e abertos, ou ainda rastreadores de veículo têm sido usados como provas criminais. Enfim, cruzamentos de dados farão com que, afinal, a ficção científica se torne realidade – e quem sabe o Big Brother mostre a sua cara.

Na contramão, a dissecação científica obsessiva de nossos mecanismos corporais, sequenciamentos genéticos e outras frentes da ciência, que destrincham nosso funcionamento em detalhes, fazem-nos entender que, de certa forma, somos máquinas complexas, adaptadas ao meio ambiente num longuíssimo processo evolutivo. Na trilha das pistas da ficção, pode-se perguntar quando essas pontas se encontram: daqui a pouco, uma máquina poderá compreender-nos melhor que outro ser humano. E talvez seja possível, em algum momento, comprar o parceiro dos sonhos. Alguém (algo?) que sabe exatamente do que você gosta, o que você quer em cada momento do dia.

Imagine alguém que sabe (pelos sinais óbvios) que você está na TPM e lhe traz flores e chocolates. Depois, ouve pacientemente suas lamúrias e, o melhor, acha que você tem razão. Alguém que saiba ser presente às vezes, mas saiba ser ausente também, já que estar só é fundamental. Alguém que a atenda em tudo e, se você começar a achar monótona a relação, passe a provocá-la com doçura, sutileza e inteligência – até porque há muitas outras consumidoras atraentes no mundo. Enfim, Freud terá perdido a razão em sua assertiva sobre a impossibilidade de se entender uma mulher...

Se não passamos de uma máquina, por que não podemos nos envolver com outra? E se, além de tudo, a forma externa de seu robô for o seu tipo preferido, algo como um Sean Connery na fase madura? Não haveria como resistir. Eu, com certeza, não resistiria.

DIA - OU VIDA? - DOS NAMORADOS

Diz-se que o Dia dos Namorados, como outras datas de celebrações, tem finalidade comercial, uma invenção maquiavélica (ou reinvenção moderna sobre as origens históricas da data) para nos fazer consumir. Pode até ser, mas que mal há em aproveitar o ensejo e comemorar? Ninguém precisa, se assim o desejar, ceder aos estímulos consumistas. Basta uma flor, um pouco de romantismo, a vontade de estar com quem a gente gosta e pronto.

Não há muitas certezas sobre as origens do Dia dos Namorados. Uma das hipóteses remete à celebração pagã da fertilidade, que ocorria na antiga Roma em 14 de fevereiro em homenagem a Juno, deusa do feminino e do casamento. As mulheres escreviam bilhetes amorosos e os depositavam em um urna. Cada homem podia pegar um bilhete e sair em busca da autora sorteada. Outras possibilidades sobre a origem do Dia dos Namorados são as referentes a São Valentim – na verdade, a um dos São Valentins, já que em tese ao menos três levam esse nome.

O enredo mais famoso é o do padre cristão romano do século III que celebrava casamentos secretos, contrariando determinações do imperador que acreditava serem os homens solteiros mais dedicados às causas da guerra. São Valentim teria sido preso e executado em 14 de fevereiro. Essa data seria, no século V, consagrada pela Igreja como Dia de São Valentim, protetor das causas amorosas, mas a homenagem seria depois revogada pelo Papa. No entanto, em muitos países a data se fixou como sendo o Dia dos Namorados (ou de São Valentim).

No Brasil, fizemos uma adaptação conveniente e a comemoração ocorre em 12 de junho, véspera de Santo Antônio, nosso conhecido casamenteiro. Diz a lenda que, nos idos de 1200, Santo Antônio de Pádua enchia saquinhos com dinheiro da coleta de esmolas e os jogava pela chaminé do convento para uso das pobres donzelas casadoiras que, sem dispor de dote, teriam poucas chances de resolver seus assuntos matrimoniais.

Seja como for, o fato é que o significado do namoro tem mudado. Antes esse era inequivocamente um período de conhecimento mútuo e de treinamento, algo como um ensaio para uma fase mais séria e definitiva do casamento. Ninguém iniciava (ou era determinado pela família a iniciar) um namoro sem o firme propósito de casar – ao menos não conscientemente ou sem estar imbuído de intenções escusas. Hoje o cenário é outro. Como sempre, há vantagens e desvantagens na mudança, mas arrisco a avaliação de que é mais saudável a diversidade e a tolerância atuais. Antigamente os *scripts* para as trajetórias individuais sem dúvida eram mais engessados. Ou bem se queria namorar e casar – em tese, para sempre – ou, como opção, havia a vida religiosa e a sina da solteirice, sendo esta última via em geral encarada como destino infeliz, não escolha. Não havia vida inteligente fora do casamento.

Agora o namoro pode ser um fim em si mesmo – incluindo relacionamentos duradouros e cheios de respeito mútuo. Felizmente, a opção de não casar e/ou não ter filhos não é mais vista com estranheza, como se algo estivesse errado com o avulso convicto. O enredo para a vida, antes tão previsível – o namoro, o noivado, o casamento, os filhos, os netos e a convivência até a separação pela morte –, permite hoje muitas variações sobre o tema. O namoro pode ocorrer em qualquer momento da vida, em várias intensidades: há o "ficar", um hábito adolescente (mas também usado por alguns mais maduros); há os que intercalam vários namoros e casamentos; e há os que gostam tanto de namorar que resolvem fazer dessa fase um porto seguro, sem avançar para as descobertas dos prazeres e desprazeres da convivência cotidiana.

RECAÍDAS

Outro dia li uma notícia curiosa sobre uma espécie de tragicomédia grega ocorrida com um casal bósnio: ambos, cada um por si, entraram em *chats* de relacionamento na internet usando apelidos. Quis o destino que se cruzassem durante as navegações e começassem a se relacionar. Aumentando a intimidade, abriram os problemas que enfrentavam no casamento, obviamente sem saber que falavam um do outro. Encontraram na cumplicidade *on-line* a compreensão que faltava em casa e se apaixonaram. A grande decepção ocorreu quando resolveram encontrar-se ao vivo, com a constatação de que o doce parceiro virtual era na verdade o carrasco doméstico. Diz a notícia que o divórcio litigioso está em curso, recheado de acusações de traição.

Além do pitoresco, o episódio permite algumas reflexões acerca da relação a dois. Primeiro, a de que a mágica da atração romântica deve ter suas leis gerais, o que explica nosso faro para tipos com alguns traços estruturais. Correndo o risco de simplificação rasa de um assunto complexo: os carentes devem buscar instintivamente os mais protetores e vice-versa; sádicos e masoquistas devem se procurar; filhas podem desejar réplicas de seus pais e filhos podem fazer o mesmo com os respectivos modelos de mães, com os quais possam repetir antigas dinâmicas, e assim por diante.

Vale até insistir no ex-parceiro, em clima de tragédia, farsa cibernética ou mera recaída. Isso apesar de, como dizia minha mãe, haver tanta gente no mundo! De fato, não é incomum ex-namorados, casais divorciados ou separados tentarem reaproximações. Muitas vezes o encanto no momento do reencontro é tão intenso quanto o fogo da paixão inicial. Parece que o tempo é um elixir do bem, apagando temporariamente as más lembranças da experiência passada e dando relevo apenas às boas e agradáveis. Uma espécie de reapaixonamento, durante o qual cada um volta a fantasiar sobre o outro a seu bel-prazer, projetando no parceiro, idilicamente, o herói perfeito. Pode até dar certo em alguns casos nos quais ambos "voltam à Terra" juntos, com realismo, e se propõem à tolerância indispensável numa convivência entre reles seres humanos. Já vi muitos casos, no entanto, em que a "memória" abafada do lado menos glamouroso da relação emerge, viciada pelas antigas correlações: ocorrendo a primeira frustração na lista de expectativas sobre o parceiro, este sabe que não se trata de um fato isolado e justificável, mas de simples reincidência histórica. A reação do prejudicado não será a de um neófito, mas a de alguém que guarda um passivo acumulado, desproporcional, portanto, ao que alguém de fora poderia supor ser uma pequena falha. Um mero esquecimento não corresponderá a uma pequena mágoa, mas a uma tragédia, se houver passado. Apagar registros históricos só com lobotomia ou em filmes futuristas.

É muito difícil não fazer projeções irrealistas sobre o outro. Como diz a piada: a mulher se casa porque acha que vai conseguir mudar o homem; o homem, porque acha que a mulher nunca vai mudar. Constatar que alguns traços são estruturais e fazem parte do outro é uma verdadeira afronta ao nosso ego, na medida em que nos mostra nossa impotência. Parece que não somos bons o suficiente para inspirar a melhoria do parceiro. Em vez de reconhecer que a convivência é um exercício de respeito a um conjunto de características do outro – e muitas delas podem não nos agradar –, às vezes fica mais fácil tachar o parceiro de insensível cabeça-dura. E ir de novo, cegamente, em busca da (improvável?) metade ideal.

ZOEIRA

No último Dia das Mães meu filho menor me presenteou com uma roupa. Mas especial mesmo foi a mensagem no cartão que veio junto: "Mãe, para mim você é mais importante que o Iron Maden". Fiquei realmente comovida. Não é qualquer mãe que consegue superar a famosa banda *heavy metal* na vida de um pré-adolescente.

Preocupada em manter minha liderança na lista de preferências do meu filho, caprichei na ideia para a comemoração de seus 10 anos: ofereci convidar seus melhores amigos e respectivas famílias para uma festa no sítio, abrilhantada por uma banda tupiniquim de *heavy metal*. Ele achou "muito loco". Foi um sucesso, e nós, os adultos quase na terceira idade, aprendemos uma dança nova: a tal de *mosh*, onde os dançarinos avançam uns sobre os outros e batem os ombros, como numa briga de galos, e depois se embolam no chão, numa montanha humana. Bem interessante. E todos sobrevivemos.

No dia seguinte, meu filho e mais quatro amigos da cidade grande acordaram felizes e dispostos, com aquela energia de dar medo. Fiquei de olho, porque cinco garotos juntos são terreno fértil para ideias de jerico. Alguém do grupo sugeriu andarem pelo sítio. Não gostei, mas, mãe antenada que sou, não podia fazer meu filho passar pelo mico de uma proibição ou de algum adulto acompanhando a turma. Pensei rápido e apenas alertei: "Podem ir, mas andem somente pela área limpa; no mato há cobras". Acentuei bem cada sílaba, certa de que o medo funciona como inibidor de arroubos juvenis.

Um dos meninos sentiu o golpe, recuando um passo, olhos arregalados. Alguns do grupo perceberam e se entreolharam, com caras de quem aprontava alguma. Ri silenciosamente e elucubrei com meus botões: "Dizem que crianças são inocentes e não têm maldade. Inocentes??? Inocente sou eu, com mais de 50 anos nas costas, portanto com tempo bastante para abafar todos os ímpetos de incivilidade. O bebê nasce imerso no mais puro egoísmo, achando que é o centro do universo e desejando a satisfação de todos os desejos. Mais tarde, a muito custo, percebe que há mais gente no mundo; mas é preciso muito discurso da mãe para que concorde em, a contragosto, emprestar o brinquedo ao chato do coleguinha que está ao lado, berrando enlouquecidamente. Na lógica infantil, o assunto seria resolvido com um bom sopapo e pronto! O processo de transformar as crianças em seres menos trogloditas é custoso, mas lá pelos 10 anos – idade dos meus convidados – a maioria já está mais ou menos civilizada. Agora, num grupo de moleques dispostos à zoeira, é bom não facilitar...".

Voltando à cena da cobra. Meu filho foi rápido e emendou, após meu alerta: "Minha mãe tá exagerando, tá ligado? Na verdade, havia aqui uma ninhada de Naja Imperial, um tipo raro que só existe nesta região, no Amazonas e na África. Mas acho que quase todas foram mortas...". O amigo assustado quis saber mais detalhes. Um dos que haviam percebido a brincadeira interveio: "Já ouvi falar, sacô? É uma cobra, tipo assim de uns cinco metros, com uma língua enorme. Véi, ela sobe em árvores e pula em quem fizer barulho perto". Outro concordou: "Podipá!".

E seguiram em bando, falando pelos cotovelos, imaginação a mil. Dali a pouco a "vítima" entra em casa como uma bala, em direção ao quarto. Aí tem treta, pensei. Fui ver o que tinha acontecido. O garoto respondeu que não era nada, ele só tinha ido trocar de roupa. Mais um tempo, e volta o bando todo. Apertei o meu filho e ele, depois de fazer cara de brisado, morreu de rir. Claro, a última invenção tinha a ver com a tal de Naja Imperial. Que, além de subir em árvores, tinha fixação pela cor vermelha. Por coincidência, a cor da roupa do pobre menino...

ELUCUBRAÇÕES FÚNEBRES

Recentemente reencontrei um colega, alto executivo, que me contou ter assumido a presidência de uma empresa do ramo fúnebre, incluindo cemitérios com diferentes estilos e também crematórios. Pareceu-me um bom negócio, com clientela certa – afinal, todo mundo um dia morre. Como para mim aquele nicho era novidade, interessei-me pelo assunto e cheguei a sugerir funerais temáticos, como um especialmente bonito que vi em filmes, o viking. O corpo é amarrado sobre uma pilha de madeira dentro de um barco viking; depois de discursos, ateia-se fogo na madeira e o barco é solto ao mar. Precisa ser à noite, para o efeito visual ser mais impactante. Parece muito bonito e solene, mas meu amigo, apesar de rir muito, não aprovou o projeto, avaliando-o exótico e caro. Achou melhor eu continuar a trabalhar no ramo jornalístico mesmo...

Um assunto tão funesto hoje tem até seu charme: há empresas especializadas em eventos funerários. O pacote inclui decoração, músicas do velório, fotomontagem ou vídeo dos melhores momentos do falecido (apresentado em telão), além de comes e bebes, e até mesmo o bem-velado, doce embrulhado que é entregue como lembrancinha. Também há maquiadores especializados em embelezar o defunto.

O mercado também oferece opções para os casos de cremação, inclusive soluções criativas para as cinzas entregues à família. De fato, já ouvi de pessoas cujos parentes foram cremados que não é fácil achar um local adequado em casa onde guardar a pequena urna. Na sala ou num local de maior visibilidade, ela será uma lembrança permanente de quem se foi; numa gaveta, pode parecer desrespeito ou pouco-caso. Sem contar os riscos de acidente, como no caso em que uma criança achou a urna e despejou o conteúdo na caixinha de areia do gato. Pois bem, os problemas acabaram! Em São Paulo há uma artista que usa as cinzas para pintar um quadro com o rosto do falecido. E no Alabama, EUA, uma empresa chamada Holy Smoke se incumbe de transformar as cinzas em balas de revólver, do calibre desejado pelos familiares. Segundo a propaganda, a pessoa pode continuar a proteger a família mesmo depois de morta. O "material" rende entre 100 e 250 balas.

Quando comentei sobre o assunto com meus filhos, num jantar, aproveitei para avisar que quero ser cremada, e já dei a solução para as cinzas: que as espalhem num lugar bonito, um jardim ou algo assim. E pronto, que toquem a vida. Achei que estava facilitando as coisas, mas claro, como são de fato meus filhos, perdem a mãe, mas não perdem a piada. Responderam que não vão me obedecer, que vão me empalhar e me deixar em minha situação mais típica: descabelada e de penhoar sentada no sofá da sala, lendo mil jornais já de madrugada. Deve ser só brincadeira deles, mas, na dúvida, vou tomar minhas providências. Meu penhoar está roto e surrado, é daquele tipo de roupa que, quanto mais velha, melhor. O que as visitas vão pensar? Assim, já estou providenciando um novo, de estampa de oncinha, um luxo!

ALMA

Do jeito que a coisa vai, vamos acabar terceirizando de vez nossa alma, de forma a poder transportá-la na bolsa ou em belos e personalizados porta-almas de couro. Senão vejamos: parte cada vez mais ampla de nossa memória está acondicionada em computadores pessoais e minúsculos. Quem hoje em dia sabe se orientar sem a eficiente agenda eletrônica? Nossos contatos profissionais e a lista dos amigos e familiares estão registrados também nessa maquininha infernal. Nossos documentos, nosso currículo e toda a nossa correspondência, secreta ou não, está arquivada nesses pequenos *chips*.

Só esses aparelhos conhecem e guardam nossas músicas e filmes preferidos, ou ainda as fotos e filmes que contam as histórias de nossas vidas (especialmente os bons momentos) e são a forma predominante de comunicação com o mundo, seja pelos contatos orais/visuais ou pelas mensagens escritas, em duplas ou em comunidades inteiras. É possível ainda descobrir a paixão de nossa vida, namorar ou até praticar sexo virtual intermediado por essas máquinas. A informação e o conhecimento fácil também podem ser buscados em segundos pela rede mundial e pode-se ver, em *zoom* maior ou menor, praticamente qualquer parte do planeta. Por enquanto, só desse nosso modesto planeta... Também podemos saciar nossa gana consumista por esse meio, que nos permite pesquisar preços (e até pechinchar em leilões), selecionar, comprar, pagar e reclamar, se for o caso. Não é à toa que ficamos obsessivamente preocupados em não perder essas maquininhas milagrosas, porque, afinal, nossa vida está ali! E o Ministério da Saúde adverte: é bom ter *backups* da vida (sete?).

Em algum momento todo esse arsenal caberá num microscópico *chip* que poderá ser instalado sem traumas ou riscos em algum nicho estratégico do cérebro. Ninguém mais nos obrigará às aulas chatas de engenharia econômica ou inglês, porque nosso cérebro estará conectado ao banco internacional de dados. O que precisarmos estará bem ao alcance dos nossos neurônios. Aqueles que puderem comprar os *chips* mais sofisticados poderão deter todo o conhecimento do mundo. Já na maternidade, junto com o teste do pezinho e os brincos, será feita a instalação do *chip*, devidamente provido de dosador de hormônios, que regulará níveis de serotonina (é sempre bom garantir felicidade), detectará e suprirá deficiências vitamínicas causadoras de descompesações ou patologias. Também não vamos mais sofrer com indecisões, porque para cada problema teremos, em questão de segundos, um mapeamento das opções, vantagens e desvantagens de cada uma e a definição da melhor escolha. Fácil, não?

Nessa altura, o que será o indivíduo além de um *chip* com complementos? OK, eu não estarei aqui para ver isso, mas quem sabe meus netos ou bisnetos... Eles verão o filme *Blade Runner* como eu li Júlio Verne, encantados pelo fato de alguém "daquela época tão rudimentar" poder prever cenas do futuro. Mas posso fantasiar: será minha (ainda hipotética) neta capaz de se apaixonar por um replicante? *Why not*? Quem não quer a essência ideal sob o *layout* ideal? Algo como o Harrison Ford – o dos filmes, porque o real, de perto, não deve ser normal, como todo mundo.

Bem, mas aí será o fim do amor platônico. Se pudermos realizar nossas idelizações, o que vamos idealizar? Nesse cenário, quem sabe o grande fetiche passe a ser seduzir alguém da comunidade xiita dos sem-*chip*, uma minoria isolada no Himalaia, naturebas que pregam a volta às origens. Porque saudosistas e conservadores, convenhamos, sempre existirão...

MIAI

A ideia de dar uma mãozinha ao Cupido é tentadora. Eu mesma vivo arquitetando planos para promover encontros "casuais" entre amigos avulsos – obviamente, sem forçar a barra. Meu filho mais velho também conheceu minha adorável nora porque um dos meus irmãos, que a conhecia, encasquetou que haviam sido feitos um para o outro. Realmente formam um belo casal, ainda que ele, com a característica falta de romantismo masculina, tenha marcado o primeiro encontro num supermercado, aproveitando que precisava mesmo fazer umas compras.

Antigamente (e ainda hoje em algumas culturas), a família, uma espécie de Cupido ditador, assumia o papel imperativo na definição do casal, deixando aos nubentes a opção de aceitar ou aceitar o parceiro de uma vida. Claro que essa minha visão é deturpada, por ser exógena à cultura e aos significados desse padrão de comportamento. Aliás, mesmo a partir dessa ótica enviesada, é possível detectar vantagens no modelo: a responsabilidade da escolha, de achar a metade ideal, é socializada. Melhor do que concluir que se fez uma péssima escolha e não poder jogar a culpa nos outros. Além disso, o risco de "sobrar" por timidez, falta de atrativos ou outra razão, talvez diminua. Ainda bem que hoje existem a internet e os *sites* de relacionamento para ajudar os menos arrojados a encontrar sua metade ideal.

Um amigo especial me contou sobre o *Miai*, hábito arraigado na cultura japonesa. Quando alguém em idade de se casar tem dificuldades para resolver o assunto sozinho, parentes ou amigos iniciam um processo de comunicação na comunidade, na busca de um parceiro em situação semelhante. Detectada uma potencial parceria, o padrinho do *Miai* providencia um encontro do pretendente com o pai da moça. Caso este vete, a apresentação dos dois nem acontece. Mas se o pai der o sinal verde, o padrinho promove um evento, que pode ser um chá ou jantar em sua própria casa, para que o casal se conheça. O padrinho acompanhará a evolução do relacionamento, apoiando sempre que necessário.

Meu amigo me relatou casos em que o *Miai* funcionou em sua própria família, e um deles parece enredo de novela: um parente veio sozinho do Japão para o Brasil, como imigrante. Quando estava em idade de se casar, seus pais iniciaram o *Miai* para ele lá mesmo no Japão. Encontraram uma moça considerada adequada e ela foi enviada ao Brasil, de navio. Os pais de meu amigo fizeram a "parte brasileira" do *Miai*, recebendo a moça e promovendo os encontros com o pretendente. Em menos de um mês, se casaram e foram para o interior do Rio Grande do Sul, onde se estabeleceram e tiveram um filho. *Happy end*? Ainda não.

Três anos após o casamento, o marido morreu atropelado. A conexão brasileira do *Miai* voltou à cena e trouxe a esposa e o filho para São Paulo, onde ocorreria nova apresentação:

por trágica coincidência (eu não disse que parece novela?), outra parente da família havia morrido no mesmo período, deixando marido e quatro filhos. Encontro perfeito, casaram-se um mês depois, respeitando o luto mínimo de 49 dias. Continuam juntos há mais de trinta anos, o par apresentado e seus cinco filhos. Agora sim: *THE END*.

Esta obra foi composta por Eveline Albuquerque em
Minion e impressa em papel pólen bold 70g/m^2
pela Bartira Gráfica para a Sá Editora
em abril de 2012.